STERNENKÄMPFER BEFEHL

STERNENKÄMPFER TRAININGSAKADEMIE - 2

GRACE GOODWIN

Sternenkämpfer Befehl © 2021 durch Grace Goodwin

Interstellar Brides® ist ein eingetragenes Markenzeichen von KSA Publishing Consultants Inc.
Alle Rechte vorbehalten. Dieses Buch darf ohne ausdrückliche schriftliche Erlaubnis des Autors weder ganz noch teilweise in jedweder Form und durch jedwede Mittel elektronisch, digital oder mechanisch reproduziert oder übermittelt werden, einschließlich durch Fotokopie, Aufzeichnung, Scannen oder über jegliche Form von Datenspeicherungs- und -abrufsystem.

Coverdesign: Copyright 2021 durch Grace Goodwin, Autor
Bildnachweis: deposit photos: sdecoret; Ensuper; innovari; kiuikson; Angela_Harburn

Anmerkung des Verlags:
Dieses Buch ist für volljährige Leser geschrieben. Das Buch kann eindeutige sexuelle Inhalte enthalten. In diesem Buch vorkommende sexuelle Aktivitäten sind reine Fantasien, geschrieben für erwachsene Leser, und die Aktivitäten oder Risiken, an denen die fiktiven Figuren im Rahmen der Geschichte teilnehmen, werden vom Autor und vom Verlag weder unterstützt noch ermutigt.
ISBN: 9781795906876

WILLKOMMENSGESCHENK!

TRAGE DICH FÜR MEINEN NEWSLETTER EIN, UM LESEPROBEN, VORSCHAUEN UND EIN WILLKOMMENSGESCHENK ZU ERHALTEN!

http://kostenlosescifiromantik.com

INTERSTELLARE BRÄUTE®
PROGRAMM

DEIN Partner ist irgendwo da draußen. Mach noch heute den Test und finde deinen perfekten Partner. Bist du bereit für einen sexy Alienpartner (oder zwei)?

Melde dich jetzt freiwillig!
interstellarebraut.com

PROLOG

Leutnant Kassius Remeas, Planet Velerion, Eos Bodenstation, Privatquartiere

MEINE FINGER FLOGEN mit meisterhafter Präzision über die Tastatur. Ja, ich wusste, dass sie mich dafür in den Knast werfen konnten. Mein befehlshabender Offizier, Kapitän Sponder, unterschätzte mich, was in Ordnung war. Mir war es scheißegal. Wenn er mich nicht zu einem potenziellen Rekruten der *Sternenkämpfer Trainingsakademie* machte und dachte, er könnte mir die Gelegenheit verwehren, ein Sternenkämpfer mit einer Bindungsgefährtin zu werden, dann würde er sein blaues Wunder erleben. Ich *brauchte* ihn nicht, um zu dem Programm zugelassen zu werden. Wenn er ein Arschloch sein wollte, dann würde ich mich in das System hacken und es selbst tun.

Der Sternenkämpfer-Wirbel tauchte mit einer Liste

der neu hinzugefügten Kandidaten, die sich für das Training qualifiziert hatten, vor mir auf dem holographischen Monitor auf. Es gab hunderte – Leute von Velerion, der Mondbasis Arturri, sowie von jedem Kampfschiff und Hex-Hafen.

Alle außer mir.

Kapitän Sponder hasste mich abgrundtief, was ich vollkommen verstand. Aber wenn ich alles noch einmal tun könnte, damit er nicht mein Erzfeind wurde, würde ich dennoch nichts ändern.

Ich konzentrierte mich auf das Display und analysierte den Code, den mir meine Codierungsimplantate zeigten. Sich direkt mit den Computersystemen verbinden zu können, war eine seltene Gabe, eine, die sich Sternenkämpfer Mission Command Spezialisten, kurz MCS genannt, in ihren Rekruten wünschten.

Solange ein gewisser Kapitän einen nicht hasste, würde diese Fähigkeit jedem eine Chance garantieren, dem Sternenkämpfer Training beizutreten. Was großartig war… für alle anderen.

Ich gab noch ein Passwort ein in der Hoffnung, die letzte Sicherheitsbarriere des Programms zu knacken. Das komplexe System interagierte direkt mit den Alienrassen, von denen die Herrscher Velerions hofften, dass sie uns retten würden. Aliens, die auf anderen Welten zu Sternenkämpfern ausgebildet wurden.

Eine orangene Codereihe blitzte vor meinem Sichtfeld auf, bevor sie rot wurde und einfach nur vor mir schwebte.

ZUGRIFF: VERWEIGERT

. . .

„Arschloch", schimpfte ich, aber ließ mich davon nicht abhalten. Ich war schon seit zwei Stunden mit dem Versuch beschäftigt, mich in das Back-End-System des neuen Trainingsprogramms zu hacken. Ich würde es schaffen. Ich war tief in den Code vorgedrungen. Ich musste nur noch eine letzte Sicherheitsbarriere überwinden.

Man würde mich nicht stoppen können. Ich wurde von Motivation und Trotz angetrieben. Sternenkämpfer von einer Mission zur nächsten zu befördern, war ein anständiger Job. Ein nützlicher Job. Ich ging diesem mit Stolz und Können nach. Aber er fand nicht direkt an der Front statt. Es unterstützte unsere Sache und war verdammt wichtig, um die Dunkle Flotte ein für alle Mal zu schlagen, aber man schöpfte nicht mein gesamtes Potenzial aus. Kapitän Sponder wusste das, aber wollte mich leiden sehen. Vielleicht verdiente ich seinen Zorn für all den Mist, den ich angestellt hatte. Zweifelsohne war ich dreist. Zweifellos brachte ich einem mir übergeordneten Offizier nicht die nötige Menge Respekt entgegen.

Ich hatte genug getan, um Sponders blanken Hass zu verdienen, und ich hatte die Konsequenzen ignoriert, bis er mich abgelehnt und mich von der einen Sache abgehalten hatte, die ich wollte: ein MCS werden. Er hielt nicht nur mich, sondern möglicherweise auch andere Sternenkämpfer zurück, und das passte mir gar nicht. Ich hätte bereits einem Absolventen des neuen Programms zugeordnet werden können und könnte jetzt dort draußen sein und die Dunkle Flotte fertigmachen.

Ich hatte keine Ahnung, *wer* mein potenzielles Match sein würde. Fuck, ich hatte noch nicht einmal die letzte Firewall überwunden. Ich verlangsamte meine Finger, starrte auf den Code vor mir und grübelte darüber nach, warum mir der Zugriff bisher verweigert worden war. Das neue Passwortsystem war installiert worden, um Velerier wie mich aus dem Programm rauszuhalten. Es diente jedoch auch dazu, zu verhindern, dass sich die Dunkle Flotte in das System hackte, was bedeutete, dass es einen doppelten Parse-Code gab.

Meine Quartiere waren typisch für einen rangniederen Offizier auf der Bodenstation. Ich war ein Pilot der Shuttle-sFlotte und das schon seit mehreren Jahren dank Kapitän Sponder und dem Stock, der ihm so tief im Arsch steckte, dass ich mich fragte, wie er auf einem Stuhl sitzen konnte. Nach einem langen Tag, an dem ich Crews und Zubehör zwischen der Oberfläche von Velerion und dem *Battleship Resolution* hin und her transportiert hatte, hatte sich eine eiskalte Entschlossenheit über mich gelegt, als ich zurückgekehrt war und festgestellt hatte, dass meine Beförderung in das *Sternenkämpfer Trainingsprogramm* ein weiteres Mal abgelehnt worden war – die Ablehnung war natürlich von Sponder unterschrieben worden. Er hatte mir versagt, was ich mir schon viel zu lange wünschte. Ich hatte mich an die Regeln gehalten – okay, vielleicht nicht an alle. Aber ich hatte alles getan, das ich tun sollte, und nie das, was ich wollte, vor die Leben der Kämpfer gestellt, die ich beförderte. Jetzt hatte ich das Warten satt.

Alle außer dem wichtigsten Personal schliefen momentan. Genauso wie ich es eigentlich auch tun sollte. Da ich eine zehnstündige Flugschicht hinter mir hatte, wurde verlangt, dass ich mich ausruhe. Das war die Regel. Ich würde es auch tun, aber ich würde mich nicht aufs Ohr hauen, bis –

ZUGRIFF: BENUTZER NICHT IDENTIFIZIERT

Ich stöhnte, aber arbeitete weiter, weil ich Fortschritte machte. Ich konnte es spüren. Meine Finger flogen erneut über die Tastatur. „Ich werde reinkommen und meiner Bindungsgefährtin zugeteilt werden. Nichts – nicht einmal ein dämlicher Triplex-Splitt-Passcode – wird mich aufhalten", murmelte ich vor mich hin.

Ich hielt den Finger über die letzte Taste, während ich auf die holographischen Daten, die lange Reihe aus Zahlen und Buchstaben, starrte. Das war es. Die Härchen in meinem Nacken richteten sich auf. Es kribbelte in meinen Fingern. Ich hatte es. Ich wusste es.

Ich drückte auf den Knopf.

ZUGRIFF: GEWÄHRT
WILLKOMMEN KAPITÄN SPONDER

Ich kicherte beinahe. Ich würde nicht nur meine Daten in das Trainingssystem einspeisen, sondern es auch noch so aussehen lassen, als hätte es Sponder höchstpersönlich getan.

Ich sprach meinen Befehl: „Neuen Kandidaten hinzufügen."

Ich wartete weniger als eine Sekunde.

WILLKOMMEN BEIM PORTAL DER STERNEN-KÄMPFER TRAININGSAKADEMIE: GEBEN SIE DIE DATEN DES KANDIDATEN EIN.

„JA!", rief ich und das einzelne Wort prallte von den dicken Wänden meines Quartiers ab. Der holographische Bildschirm füllte sich mit Anweisungen darüber, was ich als Nächstes tun musste. Ich rief meinen Wehrpass auf.

„Leutnant Kassius Remeas, Shuttle-Pilot." Ich fand meine Datei und bestätigte deren Richtigkeit, bevor ich sie abschickte. Ich würde meine Biographie und den Fragenkatalog ausfüllen müssen, aber zuerst musste ich mich hinstellen und zulassen, dass mein Körper gescannt wurde, damit mein Avatar erstellt werden konnte. Cool. Als Nächstes würde der Trainingscomputer meine Stimme und Bild benutzen, um mit meiner potenziellen Partnerin zu interagieren. Sie würde eine echte Version von mir sehen, genauso wie ich eine echte Version von ihr sehen würde.

Ich stand auf und lauschte der Stimme, die mir sagte, was ich tun sollte, während jeder Zentimeter von mir visuell in das Trainingsprogramm importiert wurde. Ich würde auf ein Match hoffen und dann an ihrer Seite trainieren. Sie würde eine leidenschaftliche, hübsche Frau sein. Eine, die mir ebenbürtig und meine andere Hälfte war. Sie musste über beeindruckende Fähigkeiten verfügen um als MCS trainieren zu können. Wir würden die Simulationen durchstehen und gemeinsam den Sieg feiern.

Als der Scan erledigt war, ließ ich mich auf meinen Stuhl fallen, machte mich an die Arbeit und füllte eifrig die Fragen des Programms aus. Der Avatar sah genauso wie ich aus, abgesehen davon, dass er anstatt meiner üblichen Schlachtschiffpilotenuniform die dunkle, schwarze Uniform der Sternenkämpfer trug samt des metallischen Wirbels, der nur von der Elite getragen wurde.

„Verdammt, das steht dir gut, Soldat." Ich gluckste, füllte den Fragebogen aus und beantwortete die Fragen zu meiner Persönlichkeit. Ich beschönigte die Wahrheit nicht. Arrogant. Aggressiv. Aufsässig. Ungehorsam. Ich war, wer ich war. Ich *würde* ein Sternenkämpfer-MCS werden.

Und Kapitän Sponder konnte zur Hölle fahren.

KAPITEL 1

Ein Jahr später… Mia Becker, Berlin, Deutschland, 02:24 Uhr

ICH SPIELTE das Spiel seit zehn Minuten. Ich war mit dem Computer verbunden und meine Finger flogen über die Kontrollknöpfe. Auf dem Bildschirm war Kassius zu sehen, das velerische Sahneschnittchen, das ich zu meinem Trainingspartner auserkoren hatte. Er saß im Sitz des Piloten und sah gut und stoisch und fast schon real aus. Gut aussehend war nicht das richtige Wort. *Heiß* war besser. Als meine Freundin und Mitspielerin Jamie gesagt hatte, dass sie für ihren ausgedachten Kumpan schwärmte, hatte ich nicht gelacht, denn ich schwärmte auch für meinen.

Es war nicht die Schwärmerei, die ein dreizehnjähriges Mädchen für eine Boygroup hegte, sondern eine uneingeschränkte, Ich-will-ihn-nackt-in-meinem-Bett Art von Begehren. Mein Vibrator kam stets an seine Grenzen, während ich an Kass dachte. Nächtlich und häufig zweimal an Nächten, in denen ich das Spiel spielte und Stunden damit verbrachte, seiner Stimme zu lauschen. Ich wusste, dass mich das zu einer halben Irren machte und es ein Zeichen dafür war, dass ich auf mehr Dates gehen sollte, aber keiner der Männer, die ich kennengelernt hatte, konnte es mit Kass aufnehmen… in keinen Punkten.

Das Spiel, *Sternenkämpfer Trainingsakademie*, war cool und herausfordernd, aber es machte keinen so großen Spaß mehr. Nicht seit Jamie das Spiel vor zwei Wochen gewonnen und den Kontakt komplett eingestellt hatte. Sie war buchstäblich von der Bildfläche verschwunden, nachdem wir ihren Sieg gefeiert hatten. Jamie, Lily und ich hatten alle die Abschlussszene angeschaut, während derer ihr General Aryk gratuliert hatte, weil sie eine Elitesternenkämpferin geworden war. Wir hatten zugesehen, als sie die Paarbindung zu ihrem Sahneschnittchen im Spiel, Alexius, eingegangen war. Wir hatten verblüfft dagesessen, als ihr Bildschirm schwarz geworden war. Danach… nichts. Es war keine Jamie mehr dagewesen, als ich versucht hatte, sie zu kontaktieren, um erneut mit ihr zu spielen. Lily war auch nicht erfolgreicher gewesen. Unsere Freundin hatte sich einfach in Luft aufgelöst. War verschwunden.

Fort.

Wegen meines Jobs beim Nachrichtendienst und meiner Hackerfähigkeiten konnte ich das nicht einfach auf sich beruhen lassen. Ich hatte auf Dateien zugegriffen, an die eine normale Person nie im Leben auch nur denken würde. Sie mochte auf der anderen Seite des

Atlantiks leben, aber alles in der Welt war online. In Polizeiakten. Steuerformularen. Beschäftigungsnachweisen.

Ich hatte mich sogar in die Datenbank von Jamies Arbeitgeber gehackt – was wahnsinnig einfach gewesen war – und herausgefunden, dass ihr gekündigt worden war, weil sie nicht zur Arbeit erschienen war. Das war vor über einer Woche gewesen.

Als Nächstes hatte ich nach ihrer Familie gesucht. Es war möglich, dass sie ihre Oma besuchte. Doch nein. Keine Oma. Kein Vater oder Geschwister. Nur eine Mutter, die an einer Entziehungskur teilnahm, die von einem Gefängnis organisiert wurde. Deren Besucherdaten verrieten mir, dass Jamie kein einziges Mal angerufen oder sie besucht hatte.

„Hast du irgendeine Ahnung, wo sie ist?", fragte Lily durch mein Headset, während ich zusah, wie sie die Seite einer Feste der Dunklen Flotte mit ihren riesigen mechanischen Fäusten in Schutt und Asche legte. Wie üblich spielten wir zusammen und ihre zerstörerischen Tendenzen schienen das Gegenteil von dem zu sein, was ich mir vorgestellt hatte, als ich ihren sanften, britischen Akzent gehört hatte. Im echten Leben war sie Bibliothekarin, aber wenn sie das Spiel spielte, erinnerte sie mich an eine Primaballerina, die einen Vorschlaghammer schwang. Lily walzte durch Dunklen Flotten Abschaum wie ein Panzer, während sie für die Titanen-Division der Sternenkämpfer spielte.

„Keinen blassen Schimmer", erwiderte ich. „Ich habe ihre Handynummer aufgespürt und angerufen. Keine Antwort. Es ist, als wäre sie von der Erdoberfläche verschwunden." Ich sprach deutlich in mein Headset, während ich zum Pilotensitz auf dem Tarnkappenschiff blickte, das Kass und ich auf dieser Mission im Spiel flogen, die ich nicht geschafft hatte.

Noch nicht. Doch Kass – jepp, ich hatte ihm einen Spitznamen gegeben – und ich kamen dem Sieg jedes Mal ein Stückchen näher. Da wir ein MCS-Paar waren, flog er die *Phantom*, wie ich unser Schiff genannt hatte. Im Allgemeinen steuerte er das Gefährt und ich saß mit dem Computer verbunden da, der den gesamten Bereich des Kopiloten einnahm sowie die Rückseite des Cockpits. Dort setzte ich meine Computerkenntnisse ein, um mich mit den komplexen Quantenprozessoren in die Systeme der Dunklen Flotte zu hacken, während Kass so nah an deren Schiffe heranflog, dass ich die Hand ausstrecken und den Feind mit der bloßen Hand berühren hätte können.

Während ich spielte, sprach ich mit Kass, als wäre er echt, und er gab mir vorformulierte Antworten. Auch wenn er nie etwas antwortete, plauderte ich mit ihm, als würden wir wirklich Seite an Seite gegen die Dunkle Flotte kämpfen. Jeder würde mich für verrückt erklären, aber ich war halb verliebt in ihn.

In einen Avatar in einem Videospiel.

Noch dazu in einen Alien, der nur Pixel auf meinem Bildschirm war.

Manchmal wirkte er auf mich realer als die Leute, mit denen ich arbeitete. Anderseits waren meine Kollegen auch ernst und gefährlich und wir lebten alle mit einer Menge Geheimnisse. Sie waren gute Leute, loyal. Engagiert. Einsam. Leute wie ich.

Ich hatte kein einziges Mal von einem meiner Kollegen fantasiert. Ich hatte nie davon geträumt von einem von ihnen gegen die Wand gedrückt zu werden.

Ich hatte mir nie vorgestellt, vor einem von ihnen auf die Knie zu gehen und ihn um den Verstand zu bringen, während an meinen Haaren gezogen wurde.

„Sie hat ihre Kreditkarten nicht benutzt?", fragte Lily, womit sie mich aus meinen versauten Gedanken riss. Über einen Alien in einem Videospiel. Vielleicht war Jamie in einer Irrenanstalt und ich würde mich als Nächste zu ihr gesellen.

„Woher soll ich das wissen?"

„Mach dir erst gar nicht die Mühe, mich anzulügen. Ich weiß, was dein Beruf ist." Lilys Kichern folgte, während ihr mechanischer Titankrieger – etwas wie ein *MechWarrior* oder ein *Transformer* direkt aus einem Actionfilm – auf ein tief fliegendes, feindliches Schiff sprang und das Kommunikationspaneel mit seinen kräftigen Händen ausriss. „Ist das das Teil, das du willst?"

Meine Augen weiteten sich, weil sie es so mühelos getan hatte. Wir waren alle besser geworden, während wir zusammen gespielt hatten. Jamie hatte das Spiel als Erste gewonnen, weil sie eine verdammt geniale Sternenkämpfer-Pilotin war. „Lass es langsam angehen, Lily. Auf diesem Raumschiff sind Bomben. Sie könnten explodieren."

Diese Bombenlauf-Mission war dem Spiel neu hinzugefügt worden und die Feinde hatten Waffen, die uns beide ohne Weiteres ausschalten könnten. Dann hieß es Game Over.

Unsere Aufgabe – meine und Kass' – bestand darin, über dem Raumschiff zu schweben und uns vor den Sensoren des Schiffs der Dunklen Flotte zu verstecken, während wir durch Hacken die Kontrolle über dieses übernahmen, es anschließend gegen die Armada der

Dunklen Flotte wandten und sie alle in Stücke rissen, indem wir ihre eigenen Waffen gegen sie einsetzten.

„Das wird nicht passieren." Lilys Titane sprang von dem Raumschiff, während uns Kass näher flog.

„Danke, Lily."

„Schnappt sie euch!"

Ich grinste, während ich mich in das Navigationssystem des Raumschiffes hackte und es per Fernsteuerung von der Planetenoberfläche weglenkte.

„Du bist schon fünfzehn Sekunden weiter als beim letzten Mal." Lilys Stimmer war heiser vor Aufregung. „Du wirst es dieses Mal schaffen, Mia. Du wirst es wirklich schaffen!"

Mein Blick sank auf die Uhr in der unteren rechten Ecke des Bildschirms. Fuck, ja!

Meine Nervosität setzte schließlich doch ein. Ich war noch nie zuvor so weit gekommen. Ich hielt den Atem an. Das könnte es sein. Der endgültige Sieg. Oder wir würden in die Luft gejagt werden, unser Leben im Spiel wäre verwirkt und wir müssten die Mission von vorne anfangen. Schon wieder.

Es könnte sein, dass ich das Spiel dieses Mal tatsächlich gewann. Lily allerdings nicht. Sie hatte noch nicht genügend Erfahrungspunkte gesammelt. Sie musste ein Level aufsteigen und ihre letzte Mission in Angriff nehmen.

„Wenn ich das tue, Lily, bist du die Einzige von uns, die noch übrig ist."

„Punktemäßig bin ich direkt hinter dir. Ohne Jamie ist es nicht das Gleiche. Und ohne dich wird es auch ganz anders sein."

Das wäre der Fall, wenn mein Bildschirm auch

schwarz wurde, wie es mit Jamies geschehen war, denn dann würde Lily ohne uns beide spielen müssen. Sie würde einfach die Spielpartner benutzen müssen, die vom Spiel generiert wurden, bis sie ihre letzte Mission beendet hatte.

„Ich habe dir meine Telefonnummer gegeben, also hast du die und kannst mich anrufen. Ich werde Jamie finden."

„Wie wirst du das anstellen?"

„Ich habe ein paar Gefallen, die ich einfordern kann."

„In den Vereinigten Staaten?"

Eine berechtigte Frage, da ich in Deutschland lebte und arbeitete.

„Ja. Unter anderem."

„Du bist manchmal wirklich furchterregend. Weißt du das?"

Da es von Lily kam, wusste ich nicht, ob ich es als Beleidigung oder Kompliment auffassen sollte. Sie war in dem Spiel wie eine Ein-Frau-Abrissbirne. Und ihr Partner im Spiel, Darius, war sogar noch verrückter.

„Ja. Das weiß ich."

Nichts stoppte mich, wenn ich ein Ziel hatte, und gerade jetzt wollte ich gewinnen. Dieses Spiel zu gewinnen, hatte jedoch auch seine Schattenseiten. Ich wollte mich nicht von Kass verabschieden. Er war natürlich groß, dunkel und gut aussehend. Aber er war auch wahnsinnig mutig, witzig und eine echte Nervensäge. Er brachte mich zum Lachen und jagte mir zugleich eine Heidenangst ein. Er war arrogant und unberechenbar. Er war Sex und Gefahr und Schutz alles in einem.

Er war nicht echt. Das wusste ich, aber scheiße, er

war der Eine für mich. Ich wollte ihn mehr, als ich jemals einen menschlichen Mann aus Fleisch und Blut gewollt hatte. Erbärmlich, aber wahr. Jamie und Lily verstanden das. Tatsächlich hatte Lily einmal davon gesprochen, das Spiel absichtlich zu verlieren, damit wir unsere ausgedachten Alienmänner nicht aufgeben mussten.

Ich beobachtete auf dem Bildschirm, wie Kass die Bewegungen unseres getarnten Schiffes perfekt abstimmte und direkt unter dem Flügel eines Dunklen Flotten Raumschiffes abtauchte. Es war ihr kleinstes, aber am schwersten bewaffnetes Transportschiff. Die Tarntechnologie funktionierte und sie bemerkten uns nicht.

„Gut geflogen", sagte ich zu Kass, aber drückte auch den Knopf auf meinem Bildschirm, der die Phrasen zeigte, die ich einprogrammiert hatte, um sie ihm zu sagen.

Seine tiefe, sexy Stimme rumpelte durch das Headset in Antwort auf den Chatbeitrag. „Alles für dich, Liebes." Er hatte ungefähr einhundert unterschiedlicher Phrasen und jede einzelne brachte mich zum Erbeben.

Sein Akzent war stark, aber nicht unverständlich, als hätten sie Altgriechisch, Alttürkisch und ein wenig Französisch genommen und in einen Mixer geworfen. Ich liebte den Klang seiner Stimme.

Ich konzentrierte mich wieder auf meinen Bildschirm. Das Raumschiff der Dunklen Flotte, das ich unter meine Kontrolle gebracht hatte, flog mit unberechenbaren und unregelmäßigen Bewegungen durch das Weltall. Lily hatte sichergestellt, dass sein Kommunikationssystem nicht mehr funktionierte, sodass sie ihre Armada nicht warnen konnten, dass ich kurz davor stand, es in die Landebucht des massiven Kriegsschiffs ihrer Königin zu lenken und sie alle in die Luft zu jagen.

„Sei vorsichtig, Mia. Wir sind nah dran." Kass' sanfte Warnung zog mich in das Spiel.

„Da sind so viele von ihnen." Ich war auf dieser Mission noch nie zuvor so weit hinter die feindlichen Linien vorgedrungen. Diese fünfzehn Sekunden, die Lily und ich gewonnen hatten, machten den Unterschied. Wir waren von dem umgeben, was mutmaßlich mindestens die Hälfte von Königin Rayas Flotte sein musste… und ihr Schiff saß wie eine riesige Zielscheibe in der Mitte.

„Dreißig Sekunden." Kass' Warnung war eine automatische und ich antwortete laut, obwohl er ein Alien war, den ich im Computer erschaffen hatte und der mich nicht hören würde.

„Bin dran, Hübscher."

„Schnapp sie dir, Mia!" Lilys aufgeregter Schrei veranlasste mich dazu, mit den Zähnen zu knirschen, aber ich rügte sie nicht für die Lautstärke ihres Schreis. Sie war einfach auf meiner Seite.

„Stelle den Selbstzerstörungs-Timer ein." Meine Finger flogen über die Bedienelemente, während ich den Todesbefehl für das feindliche Schiff programmierte in der Hoffnung, dass es explodieren würde, nachdem es tief in das Kommandoschiff der Königin geflogen war. Die Bomben würden jedes Schiff der Dunklen Flotte in der Gegend zersprengen. Zumindest war das die Idee.

Ich scannte meinen Navigationsbildschirm, um mich zu vergewissern, dass die Sternenkämpfer-Teams alle sicher außerhalb der Reichweite der Explosion waren. Ich wusste, wie man dieses Schiff flog, sollte ich dazu gezwungen werden. Genauso wie Kass wusste, wie man sich in feindliche Systeme hackte. Aber er war besser im Fliegen und ich war *viel* besser im Hacken.

Ich wartete mit dem Finger über dem Aktivierungsbefehl für die Selbstzerstörungssequenz des Raumschiffes, während Kass unser Schiff direkt unter die Türen der Landebucht des Kriegsschiffes der Königin flog. Er ließ unser Schiff dort verharren, während ich das feindliche Schiff über unsere Köpfe und in die Landebucht steuerte.

In dem Moment, in dem es die Türen passierte, aktivierte ich den Timer und Autopiloten. Dadurch würde es weiterfliegen und im Inneren des anderen Schiffes landen.

Kass' tiefes Grollen führte dazu, dass ich auf meinem Sitz hin und her rutschte. „Exzellente Arbeit, Sternenkämpferin."

Warum brachte mich sein Lob zum Lächeln und machte zugleich mein Höschen feucht?

Wir flogen mit Höchstgeschwindigkeit, während ich den Countdown beobachtete.

„Zehn Sekunden", sagte ich.

„Neun. Acht. Sieben. Sechs. Ja, Mia! Drei. Zwei", sagte Lily in meinem Ohr.

Ich hielt die Luft an, während auf dem Bildschirm die Explosion von Königin Rayas Kriegsschiff aufblitzte. Ihre gesamte Flotte leuchtete wie feurige Dominosteine in der Dunkelheit des Weltraums auf.

„Wow." Ich hatte noch nie zuvor eine so gewaltige Zerstörung in dem Spiel gesehen.

Was folgte, war keine Überraschung. Ich hatte es zuvor gesehen, als Jamie gewonnen hatte.

Mein Avatar erschien, der in einem formell aussehenden Zimmer mit hohen Decken stand. Vor meinem und Kass' Avatar stand ein streng wirkender General… und Kass sah mich mit einem Gesichtsausdruck an, den ich noch nie zuvor gesehen hatte. War das Verlangen?

Gott, diese Programmierer waren gut.

Kass hielt das Sternenkämpferabzeichen in seiner Hand und bot es mir an, als wäre es ein Verlobungsring. Er fragte, ob ich – ich meine, ob mein Charakter in dem Spiel – ihn akzeptieren und seine verbundene Kampfpartnerin fürs Leben werden würde.

Ich ließ ihn die Frage nicht beenden. Mein Finger lag bereits auf dem X-Knopf. Ich drückte ihn und mein Bildschirm wurde schwarz. Kein Spiel mehr. Kein Kass mehr. Zumindest dachte ich das. Das war genau das, was Jamie passiert war, als sie das Spiel gewonnen hatte.

Jetzt war ich diejenige, die herausfinden würde, was als Nächstes geschehen würde.

KAPITEL 2

*Kass, Pilot an Bord des Transportshuttles XF41,
Weltraum über der Eos Station*

„Shuttle XF41, hier spricht Eos Station. Reinkommen." Der velerische Kommunikationsoffizier der Bodenstation rief mein Shuttle zu sich. Ich hatte gerade ein Bindungspaar bestehend aus Sternenkämpfer-Titanen sowie ein Dutzend Bodentruppen für eine Trainingsübung am Außenfeld abgesetzt. Ich kam von meinem letzten Flug des Tages zurück und hatte meine Pflicht für den Tag getan.

„Eos, hier spricht XF41. Ich höre."

„Leutnant Remeas, Sie sollen sofort zum *Battleship Resolution* zurückkehren."

„Ich habe gerade deren Team abgesetzt. Sind Sie sich sicher?"

„Die Befehle lauten, unverzüglich zur *Resolution*

zurückzukehren, damit Sie abgeänderte Anweisungen entgegennehmen können." Die Stimme des Bodentechnikers erschall klar und deutlich im Cockpit. Anscheinend waren meine Taxidienste für den Tag doch noch nicht beendet.

„Verstanden, Eos. Kehre zur *Resolution* zurück", erwiderte ich, während ich auf meinem Bildschirm die Geschwindigkeit und erwartete Ankunftszeit überprüfte. „Wie lauten die Missionsmodifizierungen? Muss noch jemand transportiert werden?"

Ich war müde und musste schlafen, bevor man mir eine weitere Mission zuteilen konnte. Ich wollte nur noch duschen und mir zu meiner üblichen Fantasie von Mia, meiner Sternenkämpfer-Trainingspartnerin, einen runterholen. In der Fantasie brüllte sie mich an, wie sie es auch bei unseren gemeinsamen Kämpfen in den Simulationen tat, und ich nahm sie an der Wand, um diese scharfe Zunge zum Verstummen zu bringen. Falls die neuen Missionsanweisungen das hinauszögerten, könnte das zu einem Problem werden, weil mein Körper für sie hart war, selbst jetzt da ich allein im Weltraum war.

„Gemäß des Protokolls, sollen Sie sich sofort beim *Battleship Resolution* melden. Ihnen wurde die Rolle eines Sternenkämpfer-MCS zugeteilt. Ihre Partnerin hat das Trainingsprogramm beendet und muss sofort von ihrem Heimatplaneten abgeholt werden."

Mir stockte der Atem. Heilige Scheiße. Wegen der Zeitverschiebung zwischen Velerion und der Erde waren die Trainingssimulationen, an denen wir gemeinsam teilnahmen, eine merkwürdige Mischung aus aufgezeichneten Nachrichten und Missionsrückblicken. Mia arbeitete sich normalerweise durch eine Trainingssimulation und ich wurde anschließend informiert und fuhr dann das Programm hoch, um die Missionssimulation selbst zu erleben und daran teilzunehmen. Ich kannte Mia jetzt. Ihre Reaktionen. Den Tonfall ihrer Stimme, wenn sie genervt von mir war. Ich nahm an, dass sie ebenfalls mit mir vertraut war, da viele der aufgezeichneten Nachrichten, die ich aufgenommen hatte, in der Hitze des Gefechts gesprochen worden waren. Das neue Sternenkämpfer Trainingssystem war wie ein merkwürdiges, virtuelles Fangenspiel. Wir mussten beide allein lernen und Anpassungen vornehmen, bevor uns die Trainingssimulation erlaubte, als Team zu gewinnen.

Und jetzt waren wir fertig. Das Training war abgeschlossen. Mia war eine Sternenkämpferin und ich ebenfalls.

„Leutnant?" Der Kommunikationsoffizier auf der Eos Station klang verwirrt von meinem Schweigen, aber diese Nachricht war viel zu verarbeiten. Mia war mein. Ich war ein Sternenkämpfer-MCS. Ich war frei von Sponders Kontrolle und es stand mir frei, mein Schicksal endlich selbst zu bestimmen.

„Shuttle XF41, hören Sie mich?"

„Ja. Erde. Mia ist auf der Erde." Ich starrte aus dem Fenster auf die Schwärze des Weltraums zu meiner Linken und der sich vor mir abzeichnend Eos Station, einem massiven, weitläufigen Gebäudekomplex auf Velerion.

Der Kommunikationsoffizier gluckste über meine wirre Antwort.

„Herzlichen Glückwunsch, Sternenkämpfer. Generalin Jennix erwartet, dass Sie sich zum Dienst melden."

Es musste echt sein, wenn Jennix den Befehl gab.

Mein Herz begann, wie wild zu hämmern, und ich kam nicht gegen das Lächeln an, das sich auf meinem Gesicht ausbreitete. Das Schiff war leer. Nachdem ich mich vergewissert hatte, dass die Kommunikationskanäle ausgeschaltet waren, schrie ich meine Freude hinaus.

„Fuck, ja!"

Sie hatte es geschafft. *Meine* Mia. Die Frau, die nun schon seit Monaten meine Partnerin war. Die Frau, die zu berühren ich mich sehnte und nach der ich mich wie ein ertrinkender Mann verzehrte, der Luft zum Atmen brauchte. Seit ich mich in das Trainingsprogramm gehackt hatte, hatte ich die Tatsache, dass ich einer weiblichen MCS-Trainierenden zugeordnet worden war, geheim gehalten. Vor allen. Meine Freunde wussten es nicht. Meine Pilotenkollegen wussten es auch nicht. Niemand. Tatsächlich war die Einzige, mit der ich über das Trainingsprogramm sprechen konnte, Mia, die selbst *in* der Simulation war. Und diese Gespräche waren auf einige zuvor aufgezeichnete Optionen begrenzt gewesen. Es gab jedenfalls keine Option, die besagte: *Beende die Mission und ich werde dich mit meinem Kopf zwischen deinen Schenkeln belohnen.*

Ich hatte ihre Stimme gehört. Ich hatte Stunde um Stunde in der Simulation damit verbracht, an der Seite einer aufgezeichneten Version von ihr zu kämpfen. Dennoch hatte ich nie ein echtes Bild von ihr gesehen, nur ihren Avatar. Braune Haare, durch die ich unbedingt mit meinen Fingern fahren wollte. Volle Lippen. Dunkle Augen, die so intensiv und voller Geheimnisse waren, dass ich mich danach sehnte, sie zu drängen, bis ihre eiserne Kontrolle brach und sie unter meinen Berührungen zu Feuer wurde. Und sie würde brennen. Ich sah die Leidenschaft in ihrem Blick und wie sie neben mir in unserem Trainingsschiff kämpfte, das passenderweise *Phantom* genannt worden war.

Da ich losgeschickt wurde, um sie von der Erde abzuholen, bedeutete das, dass sie nicht nur die *Sternenkämpfer Trainingsakademie* abgeschlossen hatte. Sie hatte auch meine zuvor aufgezeichnete Anfrage, eine Paarbindung mit mir einzugehen, angenommen. Sie würde mit mir kämpfen. Mein sein. Für immer.

Als mein Match mit Mia zustande gekommen war, hatte ich erwartet, dass ich in Kapitän Sponders Büro gerufen werden würde, damit er mich wegen Gehorsamsverweigerung anbrüllen konnte. Aber das war nie geschehen. Es war kein Alarm ausgelöst worden, als ich Mias Partner geworden war. Niemand hatte es gewusst, was meine Befriedigung nur umso süßer gemacht hatte. Im Universum waren so viele, die das Trainingsprogramm benutzten, dass ich annahm, dass kein Offizier der velerischen Flotte in der Lage wäre, sie alle zu überwachen, was bedeutete, dass ich unter dem sprichwörtlichen Radar geflogen war.

Zumindest bis jetzt, als eine Rekrutin von einem abgelegenen Planeten das Programm tatsächlich beendet und die aktuelle Dienstposition von jemandem wie mir beeinflusst hatte. Da Mia die Ausbildung abgeschlossen hatte und jetzt eine Sternenkämpfer-MCS war, bedeutete das, dass ich auch einer war. Es bedeutete auch, dass ich sie persönlich kennenlernen würde. Bald würde ich sie unter mich kriegen. Ich würde ihr sagen, wie verrückt mich ihr herrischer Mund machte. Ich würde mir nicht zu Gedanken an sie einen runterholen müssen. Ich würde *sie* zum Kommen bringen.

Und ich würde mich bei ihr dafür bedanken, dass sie dafür gesorgt hatte, dass ich nun einen höheren Rang bekleidete als Kapitän Sponder und sein Hass.

Das Grinsen, das sich auf meinem Gesicht ausbreitete, konnte ich mir nicht verkneifen.

„Sternenkämpfer, Sie haben den Kurs nicht in Richtung *Battleship Resolution* geändert."

Sternenkämpfer. Er hatte mich *Sternenkämpfer* genannt. Fuck ja!

„Gibt es ein Problem?" Der Kommunikationsoffizier der Eos Station musste meine Position auf den Sensoren im Blick behalten haben.

„Nein, Eos. Kein Problem. Bin auf dem Weg. XF41 Ende", sagte ich, sowie ich meine Stimme und Emotionen wieder im Griff hatte. Nein, meine Emotionen hatte ich nicht im Griff. Ich hatte es geschafft. Nun, ich hatte mich in das System gehackt und mich der Auswahl hinzugefügt. Nein, viel mehr als das hatte ich nicht getan, abgesehen davon meine Partnerin in der fantastischsten, klügsten und talentiertesten Menschenfrau zu finden. Sie hatte sich in allen Simulationen den Arsch aufgerissen. *Wir* hatten das getan. Ich war mit ihr auf einer Mission nach der anderen gewesen und hatte zugesehen, wie sie versagt hatte. Wie sie Erfolg gehabt hatte. Gelernt hatte. Gewachsen war. Weil sie das alles getan hatte, war ich in der Lage gewesen, meine Flugkünste zu verbessern und meine eigenen Computerkenntnisse mit ihren zu verknüpfen. Jede Simulation und Trainingssession, die wir beendet hatten, hatte von dem anderen noch einmal durchlebt und beendet werden müssen.

Die große Entfernung zwischen Erde und Velerion

machte das Training schwieriger, aber irgendwie waren wir zu einem machtvollen Paar geworden. Wir waren sogar so gut, dass Mia und ich, soweit ich gehört hatte, erst das zweite Paar waren, die das neue Trainingsprogramm beendet hatten.

Die Nachricht über die neueste Sternenkämpfer-Pilotin und darüber, wie Jamie Miller, eine Menschenfrau, die erste Rekrutin von der Erde geworden war, hatte sich schnell herumgesprochen. Wenn ich die Nachricht von Mias Erfolg erhalten hatte, dann hatten auch schon alle anderen auf der Eos Station davon gehört. Und sie wussten auch, dass sie mich gewählt hatte.

Definitiv.

Mia war es. Die zweite Sternenkämpferin, aber dieses Mal würde an Stelle einer Pilotin eine Mission Control Spezialistin nach Velerion kommen. Meine MCS. Ich würde sie persönlich sehen. Mit ihr sprechen. Sie lachen hören. Sie berühren. Sie ficken. Jetzt war sie mein.

M<small>IA</small>, Treptowers, Bundeskriminalamt BKA, Berlin, Deutschland

I<small>CH STARRTE AUF DEN</small> B<small>ILDSCHIRM</small>, der mir am nächsten und einer von sechs Bildschirmen war, und beobachtete, wie die Dateien wechselten. Die Grafik änderte sich in Echtzeit und ich konnte sie analysieren und rasch zu den Dateien springen, die ich für mein aktuellstes Projekt angefordert hatte.

Sie mochten mich an einen Schreibtisch verdonnert haben – wie ich es nach dem Schlamassel verdiente, den mein so genannter Informant aus unserer letzten Ermittlung gemacht hatte – aber ich war entschlossen, nützlich zu sein und mich zu beweisen. Über die Tode der zwei Agenten hinwegzukommen, die meine falschen Informationen verursacht hatten? Das würde länger dauern.

Vielleicht hatten sie recht in Bezug auf mich. Vielleicht hätte ich einen Beruf ergreifen sollen, der nichts mit dem Gesetzesvollzug zu tun hatte. Wie Stricken. Oder Gärtnern. Dann wären wenigstens die einzigen Tode, für die ich verantwortlich wäre, die von Pflanzen.

Und wer könnte schon eine verdammte Pflanze zum Wachsen bringen? Tatsächlich war die dämliche Pflanze, die ich auf meinem Schreibtisch hatte, tot und die braunen, brüchigen Blätter verspotteten mich mit einem weiteren Versagen meinerseits.

Verdammt.

Ich nahm den kleinen Topf in die Hand und warf die ganze Sauerei in den Mülleimer unter meinem Schreibtisch. Fort. Die Nächste.

Meine Bürofenster boten mir eine Aussicht auf die charmante Mischung aus neuen und alten Gebäuden der Stadt, aber Starkregen prasselte gegen das Glas und ein dichter Nebel verhüllte alles außer den Nachkriegsbüros auf der anderen Straßenseite. Meine Laune passte zum Wetter. In der letzten Nacht hatte ich die *Sternenkämpfer Trainingsakademie* abgeschlossen. Lily und ich hatten zugesehen, während mir von der Mission Control Kommandantin Generalin Jennix gratuliert worden war. Ihr Avatar zeigte eine Frau mit schwarzen Haaren, die an den Schläfen von Silbersträhnen durchzogen waren, konzentrierten haselnussbraunen Augen und einem Rücken, der so gerade war, dass ich mich fragte, ob sie ein Cyborg mit einem Rückgrat aus Metall war. Aber ihre Stimme, die durch meine Lautsprecher gedrungen war, hatte sich beinahe eifrig angehört. Ich erinnerte mich, dass die gleiche Spielsequenz gezeigt und die gleichen Worte gesprochen worden waren, als Jamie das Spiel beendet hatte, obwohl sie von einem anderen General willkommen geheißen worden war. Vielleicht weil sie eine Pilotin und keine MCS war? Ich hatte keine Ahnung, aber ich erinnerte mich noch deutlich an einen hochgewachsenen, dunklen und gut aussehenden Mann. General Aryk?

Jamie war auf Lilys und mein Drängen die zeremonielle Bindung zu Alexius von Velerion eingegangen. Das erste Mal, als wir alle die Abschlussszene gesehen hatten, waren die Bindungsfragen aufregend, wenn auch ein wenig merkwürdig gewesen. Jamie mochte an jenem Tag gezögert haben. Ich nicht. Ich hatte den X-Knopf gedrückt, bevor mich Lily dazu gedrängt hatte. Vielleicht hatte die eigenartig persönliche Natur der Szene auf mich weniger einschüchternd gewirkt, weil ich nach Jamie gewonnen und gewusst hatte, womit ich zu rechnen hatte. Oder vielleicht wollte ich Kass auch einfach nur so sehr, dass ein fiktionales Band mit einem Mann zu akzeptieren, das Aufregendste war, das ich seit Monaten getan hatte.

Mein Bauchgefühl bestand darauf, dass die Annahme dieser Bindung mit einem fiktiven Alien und das erfolgreiche Abschließen des Spiels irgendwie der Schlüssel war, um Jamie zu finden. Ich war definitiv verrückt, weil ich das dachte, aber ich musste wissen, was mit ihr geschehen war. Wenn ich zu ihrem Aufenthaltsort gelangte, indem ich in ihre Fußstapfen trat, würde ich das tun.

Denn ich war verzweifelt. Ich hatte jede legitime Option ausgeschöpft, die ich hatte. Die Daten, die ich auf meinem Monitor vorbeiziehen sah, waren mir auch keine Hilfe. Ich machte meine Arbeit, aber ich hatte mir auch meine Kenntnisse und Verbindungen im BKA zu Nutze gemacht, um in den Vereinigten Staaten nach einer Jamie Miller aus Baltimore in Maryland zu suchen. Ohne irgendeinen Erfolg.

„Mia?" Ein Kollege aus dem Datenlabor klopfte an meine Bürotür.

„Ja?"

„Sorry. Das ganze Teil ist fort. Plattgemacht und überschrieben."

„Scheiße", fluchte ich leise. Das Spiel, die Dateien und die Festplatte meiner Spielkonsole waren komplett gelöscht worden? „Bist du dir sicher?"

Er verdrehte die Augen über mich, während er die zerlegte Konsole auf den Stuhl vor meinem Schreibtisch legte. „Ich mache keine Fehler, Becker."

Nicht wie du. Wegen mir werden keine Leute umgebracht.

Ich konnte die Anschuldigung in seinem Tonfall hören und zwischen den Zeilen lesen. Aber ich nahm ihm seinen Zorn nicht krumm. Einer der Agenten, die gestorben waren, war sein Freund gewesen. Und meiner. Aber niemand schien sich daran zu erinnern.

„Sorry. Dumme Frage. Dankeschön."

Er nickte und ging, ehe er meine Bürotür sanft hinter sich schloss. Natürlich war er sich sicher. Er war sehr gut in seinem Job. Ich war gut mit Computercodes und im Lesen von Menschen. Aber niemand konnte sich in ein

System hacken, das über keine Dateien verfügte, in die man sich hacken konnte. Nicht einmal ich.

Falls dieser Ausfall ein Defekt des Spiels war oder ein Rückruffall, so hatte ich nichts davon gehört. Seit Jamie verschwunden war, hatte ich Stunden in Gamer-Chats verbracht und erfolglos nach jemand anderem gesucht, der das Spiel gewonnen hatte. Ich hatte schlechte Laune. Die Freude über den Sieg war nur von kurzer Dauer gewesen. Genauso wie bei Jamie war mein Bildschirm schwarz geworden, nachdem ich die Rolle einer Sternenkämpfer-MCS angenommen hatte. Nachdem ich Kass als meinen verbunden, lebenslangen Kampfpartner akzeptiert hatte.

Es war, als hätte ich das Spiel mit einem einzigen Knopfdruck zerstört. Es war nichts mehr von meinen Punkteständen oder meinem Avatar übrig. Oder von Kass.

Ich konnte das Spiel nicht einmal neu beginnen.

Ich hatte mich die ganze Nacht lang hin und her geworfen, frustriert von der Tatsache, dass ich nie wieder Kass' grollende Stimme hören würde, falls das Spiel wirklich kaputt war. Gott sei Dank hatte ich Bildschirmfotos von ihm gemacht und sie wie ein liebeskranker Teenager auf meinem Handy gespeichert. Nicht, dass ich diese Tatsache jemals vor irgendeinem anderen menschlichen Wesen zugeben würde. Aber ich hatte mir einige sehr persönliche Zeit gegönnt, in der ich das Bild von Kass angestarrt hatte, während ich im Bett gelegen hatte.

Bisher hatte ich den Tag damit verbracht, meine neuesten Bestrafungsprojekte – wie ich sie gerne in Gedanken nannte – in Angriff zu nehmen, und ich hatte sogar noch mehr Zeit damit zugebracht, das System nach

Hinweisen zu Jamies Verschwinden zu durchforsten. Es gab nichts. Jetzt hatte der Analyst auch noch bestätigt, was ich in meinem Herzen bereits gewusst hatte.

Alles war fort. Gelöscht. Zerstört. Die *Phantom*. Die Missionen, die ich beendet hatte. Und Kass, der eingebildete Mann, von dem ich die letzten Monate besessen gewesen war.

Ich war eine Idiotin, weil ich mich emotional so auf einen fiktiven Charakter eingelassen hatte. Doch bei meiner Arbeit war kaum Raum für Dates und Kass war für mich irgendwie realer geworden als irgendein Mann, den ich jemals gedatet hatte. Was keine Überraschung war, wenn einige gemeinsame Abendessen gefolgt von zwanglosem Sex überhaupt als Daten bezeichnet werden konnten. Irgendwann waren die Männer, die ich „gedatet" hatte, alle meiner Geheimniskrämerei überdrüssig geworden. Ich erzählte ihnen nicht, für wen oder was ich arbeitete. Die Meisten kannten nicht einmal meinen echten Namen.

Dann hatte ich das Spiel begonnen und Kass gesehen und mein Interesse am Daten war vollständig verpufft. Niemandem außer ihm hatte mein Interesse gegolten.

„Hör mit dem Trübsal blasen auf, du Riesenbaby", schimpfte ich und versuchte, mich wieder auf die Arbeit zu konzentrieren. Zwei lange Stunden hatte ich noch vor mir, bis ich nach Hause gehen und durch mein Apartment schlurfen konnte. Ich würde noch eine schlaflose Nacht ohne eine Neuigkeit von Jamie verbringen, ich würde nicht mit Kass spielen können, um meine Nerven zu beruhigen, und ich hatte keinen blassen Schimmer, was ich als Nächstes tun sollte.

Ich war Expertin in der Beschaffung von Antworten.

Dennoch hatte ich keine, was meine Laune sogar noch mehr verschlechterte.

Ich wusste nur, dass ich meine Freundin vermisste. Ich vermisste es, das Spiel zu spielen, das ich gewonnen und dann kaputt gemacht hatte. Ich vermisste Kass, einen Alien, den ich in einem Videospiel erschaffen hatte und der nicht einmal existierte.

Ich arbeitete zweifelsohne zu viel. Ich musste öfter rausgehen. Echte Leute kennenlernen. Ein neues Hobby entdecken. Auf Höhlenerkundungen gehen. Bretzeln backen. Zur Hölle, sogar auf irgendeinen Abenteuerurlaub gehen.

Alles, solange ich niemandem gestehen musste, dass ich aufgebracht und frustriert war, weil ich scharf auf einen computergenerierten Avatar war und meine einzige Verbindung zu ihm zerstört worden war.

Mein Tischtelefon klingelte. Ich hob den Hörer ab. „Ja?"

„Frau Becker? Hier spricht die Rezeption. Es ist jemand hier, der Sie sehen möchte."

Dieses Gebäude verfügte über strenge Sicherheitsmaßnahmen. Von Schlüsselkarten für alle Bereiche bis hin zu Retinascans, um Zugang zu anderen zu erhalten. Aber ich rechnete auch mit niemandem. Ich hatte keine Termine außerhalb der Arbeit und meine einzigen Freunde waren… nun, eine wurde vermisst und die andere lebte in London. Ich runzelte die Stirn.

„Hat er seinen Namen genannt?"

„Kassius Remeas."

KAPITEL 3

Mia

„Was?"

Ich blinzelte und mein Herz drehte völlig durch. Erlaubte sich jemand einen Scherz mit mir? Nein. Woher sollten die Leute an der Rezeption wissen, dass ich das Spiel spielte? Wir sagten uns am Morgen, wenn ich ankam, nur kurz Hallo. Sie wussten auf keinen Fall, dass ich von meinem MCS-Partner besessen war. Niemand in Deutschland wusste das.

„Er sagte, sein Name sei Kassius Remeas."

„Ist das ein Witz?" Wenn ja, fand ich ihn nicht lustig.

„Nein. Hier ist ein Herr, der speziell nach Ihnen verlangt hat. Er beharrt darauf, dass Sie ihn kennen."

Was zum Kuckuck?

„Schicken Sie ihn in Besprechungsraum drei. Ich bin in einem Augenblick unten. Dankeschön."

„Natürlich. Ist mir ein Vergnügen."

Ich legte den Hörer auf die Gabel und sprang auf die Füße, wobei ich meinen Schreibtischstuhl nach hinten rollte.

Kass war nicht hier. Allein die Vorstellung war ein Witz. Er war nicht *real*.

Da ich auf der Arbeit mit niemandem über meine Spielangewohnheiten gesprochen hatte, musste jemand Überwachungsgeräte in meinem Apartment aufgebaut haben. „Scheißkerle!"

Ich wusste, dass die *Sternenkämpfer Trainingsakademie* auf der ganzen Welt ein beliebtes Spiel war, aber ich hatte keine Ahnung gehabt, dass das Spiel die Kultur der Erde bereits zu solch einem Grad infiltriert hatte. Andererseits ging ich dieser Tage nicht mehr aus, weshalb ich momentan nicht viel über die Popkultur wusste. Ich wusste, dass mich die Neugierde umbrachte und ich mir nicht die Gelegenheit entgehen lassen konnte, Kass noch einmal zu sehen – selbst wenn es nur ein Schauspieler war, der wie er gekleidet war. Ich würde es genießen, den Mann zu betrachten, und denjenigen aufspüren, der ihn geschickt hatte – und Überwachungsgeräte in meinem Apartment installiert hatte.

Jemand dort draußen wusste ganz genau, wie besessen ich war. In den Stunden, seit ich das Spiel gewonnen hatte, war ich liebeskrank und erbärmlich geworden. Jämmerlich. So was von. Schwach. Ich hatte jemandem eine Schwäche geliefert, die nun gegen mich verwendet werden konnte.

Ich rief bei einem unserer Sicherheitsteams an. „Hier spricht Becker. Ich brauche so bald wie möglich eine Apartmentdurchsuchung."

„Verstanden. Wie groß sind Ihrer Einschätzung nach die Chancen, dass wir etwas finden?"

„Einhundert Prozent."

„Ja, Ma'am. Ich werde in zehn Minuten ein Team losschicken."

„Dankeschön. Bitte geben Sie mir sofort Bescheid." Die Technikteams würden mein Apartment von oben bis unten auseinandernehmen. Jegliche Überwachungsgeräte, die installiert worden waren, wären anschließend fort. Aber das half mir nicht bei meiner aktuellen Situation. Wer hatte jemanden hierhergeschickt und dazu Kass' Namen benutzt? Und was zur Hölle hoffte derjenige damit zu erreichen? Das ergab keinerlei Sinn. Ich würde für Gott weiß wie lang hinter einem Schreibtisch festsitzen. Ich war von fast all meinen Fällen abgezogen worden. Was sollte das Ganze? Und warum jetzt?

Ich wartete auf den Anruf. Zehn Minuten fühlten sich wie eine Ewigkeit an. Zwanzig. Dreißig.

Ich wollte mir gerade die Haare raufen, als mein Telefon klingelte. „Mia Becker."

„Ihr Apartment ist sauber. Wir sind fertig."

„Was? Sie haben nichts gefunden? Gar nichts?"

„Nein. Wir können noch einmal nachsehen, wenn Sie sich sicher sind. Aber mein Team ist erfahren und effizient."

„Nein, Dankeschön. Ich weiß Ihre Arbeit zu schätzen."

„Kein Problem." Es tutete in der Leitung und ich stellte fest, dass ich zitterte.

Wenn niemand mein Apartment verwanzt hatte, woher zur Hölle wussten sie dann von Kass? Vielleicht war Jamie entführt und befragt worden? Hatten sie Lilys

Apartment in London verwanzt? Lily war Bibliothekarin und verbrachte Stunden mit dem Abstauben uralter Schinken. Und Jamie war eine Lieferfahrerin, nicht James Bond. Das ergab keinerlei Sinn.

Ich wischte meine Hände an meiner schwarzen Hose ab, da meine Handflächen plötzlich feucht waren. Die Aufzugfahrt ins Erdgeschoss schien eine Ewigkeit zu dauern, während ich zu dem Besprechungszimmer ging, in das auf meine Anweisung hin dieser Kassius Remeas gebracht werden sollte. Meine Stöckelschuhe klackerten rhythmisch über den harten Boden und ich rückte meinen Blazer zurecht, ehe ich ihn zuknöpfte, als würde ich eine Rüstung anlegen. Ich kam bei dem Raum an, nur um dann mit zitternden Händen die geschlossene Tür anzustarren.

Ich wartete.

Bevor ich die Tür öffnen konnte, flog sie auf, knallte gegen die Wand und federte einige Zentimeter zurück. Ich zuckte erschrocken zusammen. Dann starrte ich. Und starrte. Dort, vor mir stehend, war eine *wirklich* gute Kopie von Kass.

Jemand hatte sich große Mühe gegeben. Dieser Kerl hatte die gleichen dunklen Haare. Das gleiche schiefe Lächeln. Die gleiche kleine Narbe unter seinem linken Auge. Die gleichen dunkelbraunen Augen. Die gleichen verfluchten Grübchen, die ihn wie einen frechen, supersexy Weltraumpiraten aussehen ließen. Er war von Kopf bis Fuß in Schwarz gehüllt. Der Schnitt und das Design passten zu den Uniformen der Sternenkämpfer-MCS im Spiel, aber er trug keine Verzierungen oder irgendetwas anderes, das darauf hinwies, dass er beim Militär war. Irgendeinem Militär. Und weil ich nun einmal die Närrin war, die ich war, huschte mein Blick zu seiner Brust, um nach dem Zeichen der Sternenkämpfer zu suchen. Das dort war. Schwarz auf schwarz, aber der verdammte Wirbel war da. Ich erkannte sogar die Schnallen an seinen Stiefeln.

Was zum Teufel? Diese Alienuniform war absurd. Lachhaft, was bedeutete, dass ich die Zielscheibe eines Witzes war in der halben Sekunde, in der mein Herz einen Satz machte und sich mein Körper anspannte, als wäre Kassius echt. Zwei Herzschläge später schmerzte das dumme Organ zehnmal so schlimm, als es das zuvor getan hatte, als die Freude wieder in die Grube der Verzweiflung plumpste. Denn dieser Mann sah genauso wie Kassius Remeas aus, nur aus Fleisch und Blut.

War dieser Mann ein Model? Vielleicht hatten ihn die Spielentwickler vor einen Greenscreen gestellt und den Avatar von Kassius Remeas nach seinem Abbild erschaffen. Vielleicht halluzinierte ich und ein pickeliger Teenager mit einem halb gewachsenen Schnurrbart und schlaksigen Beinen starrte mich an. Vielleicht hatte der Stress meines Jobs meine geistige Gesundheit nun endgültig aus der Bahn geworfen.

Aber ich konnte den Blick nicht von ihm abwenden. Vergiss das, ich konnte nicht blinzeln. Oder atmen.

„Mia Becker." Mehr sagte er nicht, sondern inspizierte mich nur mit dem gleichen intensiven Blick, mit dem ich ihn betrachtete.

Ich würde ihn nicht Kass nennen. Das würde zu sehr wehtun. Diese eine Silbe auszusprechen, bedeutete, dass ich auf den Witz reinfiel. Und ich hatte das Gefühl, dass mich jemand so richtig reinlegen wollte.

Ohne den Blick von mir abzuwenden, zog er mich in

den Raum und schloss die Tür hinter mir. Er schob sogar den Riegel vor. Die Geräusche der Rezeption, die Sicherheitsschleusen und vereinzelten Stimmen verstummten und ließen uns sehr allein zurück. Der Raum war versiegelt und wurde jeden Morgen auf Wanzen und ähnliches abgesucht. Die Wände waren dick und es gab keine Fenster.

Ich sprach noch immer nicht und er verengte die Augen zu Schlitzen. Dann überwand er die Distanz zwischen uns, legte seine Hände auf beide Seiten meines Kopfes und küsste mich.

Scheiße.

Eine Sekunde lang erstarrte ich, weil mich ein bezahlter Schauspieler oder Model – ein völlig Fremder – küsste. Mit weichen Lippen. Mit einem Begehren, das ich aus seinen Fingern und seinem Mund strömen spürte. Jeder Zentimeter von ihm strahlte Verlangen aus. Nach mir.

Verdammt, er war gut. Ich glaubte fast, was mir seine Lippen erzählten.

Ich wimmerte, denn es war ein verteufelt guter Kuss. Er nutzte es sogleich aus, als ich meinen Mund öffnete, stieß seine Zunge tief in meinen Mund und erkundete ihn. Eroberte ihn.

Seine Hände neigten meinen Kopf, wie er es wollte, und vertieften unsere… Verbindung. Eine Vereinigung, die mehr war als nur unsere Lippen und Zungen, die sich berührten.

Ich wusste nicht einmal, dass wir uns bewegt hatten, bis mein Rücken gegen die Wand gepresst wurde und sich sein harter Körper an mich drückte. Ich spürte, wie hart er war. *Überall.*

Ich hatte keine Ahnung, wie lange wir uns küssten, aber als er schließlich den Kopf hob, realisierte ich, dass seine Hand unter meinem Shirt war und seine raue Handfläche meinen Busen umfing.

„Mia", sagte er erneut. Dieses Mal war das Kratzen tiefer. Dunkler. „Ich habe dich gefunden." Er sprach englisch, was mich noch mehr verwunderte, aber ich antwortete in derselben Sprache.

„Wow." Ich leckte mir über die Lippen und sein Blick verfolgte die Bewegung. „Ich weiß nicht, wer du bist, aber du küsst wirklich gut."

Seine Mundwinkel bogen sich nach oben. „Ich bin Kassius Remeas von Velerion, wie du sehr wohl weißt, Sternenkämpfer-MCS Mia Becker von der Erde. Ich bin dein Partner und Bindungsgefährte. Ich hoffe doch sehr, dass du nicht jeden Besucher so begrüßt."

Er sah nach unten zu der Stelle, wo sein Daumen langsam unter meiner Seidenbluse vor und zurück glitt.

Ich war feucht. Verzehrte mich nach ihm. Gierte nach diesem Fremden.

„Danke für den Spaß, denn… klar, du siehst genau wie er aus. Ich werde dir sogar Bonuspunkte für exzellentes Küssen geben, aber wenn du deine Hände behalten möchtest, musst du sie von mir nehmen. Jetzt."

Er schüttelte langsam den Kopf, während sich ein Grinsen auf seinen Lippen ausbreitete. Er erkannte meinen Bluff. Ich wollte ihm nicht wehtun. Zumindest noch nicht.

„Ich fange gerade erst an. Wir haben monatelang Seite an Seite gekämpft und ich habe all diese Zeit darauf gewartet, diesen frechen Mund zum Schweigen zu bringen."

Jetzt beäugte ich ihn näher. Misstrauisch. Er gab seine Scharade nicht auf, aber ich war auch noch nicht bereit, ihm das Knie in die Eier zu rammen. Er sah wie Kass aus. Er klang wie Kass. Er trug eine Sternenkämpfer-MCS Uniform, die so detailliert war, dass sogar die Stiefel dazu passten. Aber der Satz, den mein hoffnungsvolles Herz machen wollte, war unmöglich.

„Du glaubst mir nicht", stellte er fest, während er mich eindringlich musterte.

„Dass ein Avatar aus einem Spiel, das ich gespielt habe, tatsächlich eine echte Person ist, ein echter Alien, der zu meinem Büro gekommen ist, um mich zu küssen? Und dass du von einem anderen Planeten bist, aber zufälligerweise Englisch sprichst?" Ich spielte *Sternenkämpfer Trainingsakademie* auf Englisch, weil Jamie und Lily es sprachen. Deutsch war meine Muttersprache, aber ich sprach beide Sprachen fließend. Für einen Alien sprach er sehr gut Englisch.

„Ich lernte deine Sprache, während ich das Spiel spielte. Ich spreche sie nicht sonderlich gut. Und ich bin nicht hierhergekommen, um dich zu küssen", sagte er. Dann röteten sich seine Wangen. „Das ist eine Lüge. Ich habe mich seit Monaten danach gesehnt, dich zu küssen."

„Wer hat dich geschickt? Wie lange hast du mein Apartment beobachtet?"

„Generalin Jennix hat deine Aufnahme genehmigt. Ich weiß nichts über dein Zuhause. Ich würde es allerdings sehr gerne sehen, bevor wir gehen."

„Gehen?"

„Ja. Wir müssen nach Velerion gehen. Sie brauchen dich, Mia. Genauso wie ich."

Oh zum Teufel. Er war gut. Sein Blick traf mit absoluter Aufrichtigkeit auf meinen. Auf seinem Gesicht waren weder der Hauch eines Lächelns noch irgendeine Verwirrung zu sehen. Er wirkte vollkommen nüchtern und als wäre er bei Verstand. Was bedeutete, dass er entweder glaubte, was er sagte, oder er war der beste Lügner, mit dem ich jemals gesprochen hatte.

„Das ist verrückt. Wovon redest du? Wer bist du wirklich? Wie hast du herausgefunden, wo ich arbeite?"

„Ich bin dein Kassius. Wir sind ein Bindungspaar. Ich bin hierhergekommen, um dich zum *Battleship Resolution* zu bringen. Generalin Jennix erwartet deine Ankunft. Sie freut sich sehr darauf, ein Sternenkämpfer-MCS-Paar in ihrer Truppe willkommen zu heißen." Sein Blick wanderte über mein Gesicht und er schien zufrieden damit zu sein, meinen Busen zu umfangen. Er knurrte. „Doch vorher muss ich dich ficken, um das Verlangen zu dämpfen, das wir beide, die ganze Zeit verspürt haben."

Meine verdorbene Seite liebte seinen Dirty Talk. Genauso wie der Rest von mir. Die Feministin in mir beharrte darauf, dass ich ihn schlagen sollte, weil ein Fremder, der einfach reinkam und sagte, er würde mich ficken, eine saftige Ohrfeige verdiente. Oder ein Knie in die Eier.

Aber ich fühlte mich bei diesem Kerl sicher. Erregt. „Das hier ist verrückt", flüsterte ich.

„Das ist es nicht. Du nennst die *Sternenkämpfer Trainingsakademie* ein Spiel, was eindeutig ein Problem für das velerische Designteam ist und korrigiert werden muss. In Wahrheit ist das System ein komplexes und schwieriges Trainingsprogramm und du hast es abgeschlossen. *Wir* haben es abgeschlossen. Gemeinsam."

Ich schüttelte den Kopf in der Hoffnung, etwas von dem Nebel zu klären, den sein Kuss erschaffen hatte. „Nein. Wer hat dich geschickt? Was willst du?"

„Dich, *meine Mia*."

Woher kannte er den Kosenamen? Selbst wenn jemand Kameras und Mikrofone in meinem Apartment platziert hatte, würde derjenige nicht wissen, dass mich Kass so nannte. Niemand wusste das. Seine Stimme, seine verbalen Antworten waren stets nur durch mein Headset zu hören gewesen. Ich benutzte die Funktion nicht, bei der die Kommentare als Untertitel angezeigt wurden. Worte, die über den Bildschirm liefen, lenkten mich ab. Sein Name war auf dem Bildschirm aufgeleuchtet, sodass ihn eine Kamera sehen hätte können. Genauso wie die Sternenkämpferuniformen – jedes Detail von ihm war perfekt. Aber niemand wusste, dass mich Kass so nannte, niemand außer dem erfundenen Computer-Avatar meines jetzt funktionsuntüchtigen Spielsystems. Er konnte nicht echt sein. Oder doch? „Wie hast du mich gerade genannt?"

„Meine Mia. Ich habe dich viele Male so genannt, Liebes." Er grinste und küsste meine Stirn. „Vor allem während dieser Mission nach Xenon, wo du im Alleingang ein ganzes Geschwader Dunkler Flotten Drohnen ausgeschaltet hast."

Heilige Scheiße. Diese Mission war vor Monaten gewesen, noch am Anfang des Spiels. Das war die erste Mission gewesen, bei der er den Kosenamen verwendet hatte. Ich erinnerte mich noch gut daran, weil alles Weibliche in mir praktisch dahingeschmolzen war, als ich zum ersten Mal dieses sexy Knurren meinen Namen so aussprechen hatte hören. *Meine Mia.* So heiß. So sexy. So *er*.

„Kass?"

„Du hast deine Rolle als Sternenkämpfer-MCS akzeptiert. Du hast unsere Paarbindung akzeptiert. Genauso wie ich. Die Bindung wurde in der Halle der Verzeichnisse eingetragen. Du bist mein und ich bin dein. Ich habe auf dich gewartet."

Ich habe auf dich gewartet. Gott, ein sexy Krieger erzählte das einer Frau. Ein Krieger, dessen Hand nach wie vor auf ihrem Busen lag. Es war ein Satz, der mein Höschen förmlich in Flammen aufgehen ließ und den ich tatsächlich glaubte, weil ich auch auf ihn gewartet hatte.

Das hatte ich.

Ich war rührselig. Eine Träumerin. Verrückt.

Was auch immer.

Seine. Hand. Lag. Auf. Meinem. Busen.

Ich presste meine Hüften an seine und spürte jeden Zentimeter seiner harten Länge.

Er stöhnte. „Ich brauche dich."

„Ich bin verrückt, weil ich das sage, aber ich denke, ich habe eine Ahnung davon wie sehr."

Sein Mund bog sich an den Winkeln nach oben und seine Augen verdunkelten sich, loderten auf.

Ich glaubte ihm. Meine Instinkte und Vernunft waren sich beide einig. Weit hergeholt? Vielleicht. Aber ich lebte mein Leben nach der Theorie von Ockhams Rasiermesser: *Die einfachste Erklärung ist normalerweise die richtige.* Niemand auf der Erde hatte irgendeinen Grund dazu, all diese Mühen auf sich zu nehmen, nur um sich einen Scherz mit mir zu erlauben. Niemand. In Bezug auf

Aliens hatte ich jahrelang meine Vermutungen gehegt. Ich hatte angenommen, dass sie *tatsächlich* existierten. Dann waren da noch seine Kleider. Sein Gesicht. Seine Stimme. Sein Name. Und das entscheidende Argument: Jamies Verschwinden...

„Jamie Miller. Sie hat das Spiel gewonnen. Hat Alex sie auch geholt? Ist sie deswegen verschwunden?" Es war jetzt so offensichtlich. Ein verlorenes Puzzleteil war gefunden worden. Es ergab alles Sinn. Wenn Kass hier war, um mich zu holen, dann musste auch Alex, der Avatar, den Jamie als Kampfpartner in ihrem Spiel gewählt hatte, sie ebenfalls geholt haben. Ich musste es wissen.

Er nickte einmal. „Sternenkämpferpilotin Jamie Miller ist berühmt unter den Velerier. Sie war die erste Sternenkämpferin von der Erde und hat bereits viele Leben gerettet und sich Königin Raya gestellt. Ihr Bindungsgefährte Alex hat sie so geholt, wie ich es jetzt mit dir tun möchte. Die Sternenkämpfer Jamie und Alexius dienen unter General Aryk auf der Mondbasis Arturri."

Ich entspannte mich an der Wand. Ich hatte überall nach ihr gesucht... auf der Erde. Meine Hacker- und Aufspürfähigkeiten ließen also doch nicht nach. Die besten Informationsbeschaffungssysteme in Europa hatten nicht versagt. Ich hatte am falschen Ort gesucht. Auf dem falschen *Planeten*.

„Ich... wir, du und ich, arbeiteten auf ihrer letzten Trainingsmission mit ihr zusammen. Ich sah, wie sie ihren Posten unter General Aryk annahm und auch die Paarbindung mit Alexius. Willst du mir etwa sagen, dass er zur Erde geflogen ist, um sie zu holen? Und sie ins Weltall zu bringen? Nach Velerion? Velerion ist echt?"

„Ja. Genau. Jetzt verstehst du es." Er senkte den Kopf und verteilte eine Reihe sanfter Küsse entlang meines Kiefers. Hätte ich nicht an der Wand gelehnt, wäre ich umgekippt. Mein Körper schmolz äußerlich dahin und mein Verstand im Inneren geriet ganz aus der Fassung.

Heilige Scheiße. Es war echt. „Jamie ist im Weltall? Auf Velerion?" Noch einmal. Ich musste es noch. Ein. Mal. Hören.

„Auf Arturri, der Mondbasis, wo Sternenkämpferpiloten stationiert sind. Sie hat sich den Berichten zufolge gut eingelebt."

„Hast du sie nicht gesehen?"

Kass schüttelte den Kopf und nutzte die Gelegenheit, seine Lippen zur anderen Seite meines Kiefers zu bewegen. „Nur offizielle Berichte. Nach ihrer Flucht von Königin Rayas Kriegsschiff, schickte General Aryk Auszüge ihres Berichts an alle Piloten, damit wir wissen, worauf wir achten müssen."

„Geht es ihr gut?" Jede Frau bei Verstand würde jetzt gehen. Aber ich war nicht gewöhnlich. Ich hatte Zugriff auf Dinge, Ereignisse, Berichte von UFOs und anderen Phänomenen, die der normale Bürger noch nie gesehen hatte. An Alien zu glauben, war für mich nicht sonderlich weit hergeholt. Zu akzeptieren, dass Kassius von einem anderen Sonnensystem hierhergereist war, um mich zu finden? *Mich?* Nun, *das* war ein bisschen verrückt.

„Sie ist gesund und lebt mit Alexius auf Arturri."

„Zeig mir die Narbe." Ich platzte mit dem Befehl heraus, bevor ich es mir anders überlegen konnte. Auf meiner zweiten Mission hatte ich meinen Kass, den Kass im Spiel, ohne sein Oberteil gesehen. *Dieser* Kassius hatte eine gezackte, kreisrunde Narbe auf seinem linken Schulterblatt gehabt. Breite Linien. Größer als meine Hand. Alt.

Kein Schauspieler konnte das vortäuschen.

„Mit Vergnügen." Sein Grinsen, während er zurücktrat, war nicht das, was ich erwartet hatte, und die Luft stockte in meinen Lungen, während ich zusah, wie er das schwarze Shirt über seinen Kopf zog. Seine Brust war… gigantisch. Muskulös. Perfekt. Aber eine Menge Männer hatten eine nette Figur. Breite Schultern. Kräftige Arme.

Ich hatte ihn zu lange angestarrt und er schien zufrieden damit, mir das zu erlauben. „Dreh dich um", befahl ich.

Das tat er langsam. Als er sich von mir abwandte, trat ich mit einem Keuchen nach vorne. Die Narbe war da. Alt. Verheilt. Ein Zeichen extremer Schmerzen. Genau wie in meiner Erinnerung. „Oh mein Gott." Mit zitternden Fingern und einem leisen Seufzen fuhr ich das Mal nach. „Du bist echt."

„Das bin ich."

„Wie hast du dir die Narbe zugezogen?"

„Das ist eine Geschichte für einen anderen Tag." Er drehte sich um und ich konnte es einfach nicht ertragen, ihn nicht weiterhin zu berühren, weshalb meine Hand von seinem Rücken zur Schulter zur Brust glitt. Ich wollte ihn nicht aufgeben. Noch nicht.

„Ich glaube dir tatsächlich." Ich griff nach oben, umfing seinen kantigen Kiefer und berührte seine Lippen zum ersten Mal – mit etwas anderem als meinem Mund. „Du bist wirklich Kass."

Er strich meine Haare zurück und beobachtete seine Finger, während er mit ihnen hindurchfuhr. „Das bin ich. Du hast mich ausgewählt, als du deine anfänglichen Spieleinstellungen vorgenommen hast. Wir haben all diese Zeit zusammengearbeitet, um das Training zu durchlaufen."

„Merk dir diesen Gedanken." Ich trat von seiner Berührung weg und zog mein Handy aus meiner Jackentasche. Ich musste Lily darüber informieren, was gerade geschah. Wenn ich auch verschwand, würde die arme Lily durchdrehen. Was, wenn sie Angst bekam oder abgelenkt wurde oder deprimiert und das Spiel nicht beendete? Was, wenn Darius nie zu ihr kam und sie starb, ohne zu wissen, was mit uns geschehen war? Nein. Das wäre nicht okay.

Ich rief ihre Kontaktdaten auf, dankbar darüber, dass wir unsere Telefonnummern ausgetauscht hatten, und meine Finger flogen über die kleine digitale Tastatur.

Lily, hier ist Mia. Das Spiel ist echt. Jamie ist mit Alexius auf Velerion. Ich gehe jetzt mit Kass. Beende das Spiel. Darius wird zu dir kommen.

Ich drückte auf Senden und wartete, während mich Kass geduldig beobachtete. Weniger als dreißig Sekunden später erhielt ich Lilys Antwort.

Was zum Geier? Ist das ein Witz? Was??????

Jetzt grinste ich und sprudelte über vor Vorfreude und Aufregung und Glück. Mein Leben stand kurz davor, eine völlig neue Richtung einzuschlagen, und ich war so bereit dafür. So verdammt bereit, etwas anderes zu tun.

Kein Witz. Beende das Spiel. Darius wird kommen. Wir sehen uns auf Velerion.

Ich schaltete mein Handy aus und schob es wieder in meine Jackentasche. Ich würde mich gleich auf Kassius Remeas stürzen und ich brauchte nicht die Kamera oder das Mikrophon meines Handys, um den Moment einzufangen. „Was jetzt?" Ich ging zu ihm und legte meine Hände flach auf seine Brust. Er war warm und kräftig und sah mich an, als wäre ich seine liebste Sache im ganzen Universum. Das waren alles Dinge, die es unmöglich machten, ihm zu widerstehen, selbst wenn ich es wollte. Was ich nicht tat.

„Du kannst dir nicht vorstellen, wie sehr ich mich nach dir gesehnt habe." Er fuhr meine Unterlippe mit seinem Daumen nach, während ich tief Luft holte und seinen Geruch zum ersten Mal in mir aufsaugte.

Meine Vorstellungskraft war ziemlich spektakulär, weshalb er sich diesbezüglich irrte.

„Ich will nicht länger warten. Ich kann nicht." Er presste seine Hüften an mich und ich spürte warum. „Mia, bitte sag, dass du auf diesen Moment genauso wild warst wie ich."

Ich wollte auch nicht mehr warten. Gott, das wollte ich sooo was von nicht. „Ja, ich war ganz wild darauf. Gott, die Dinge, die ich mir ausgedacht habe, wenn ich an dich gedacht habe."

Seine Kiefer mahlten. „Ich will sie alle hören. Später."

Ich leckte mir über die Lippen und nickte leicht. Ich war noch nie so erregt, so erpicht auf einen Mann gewesen. Wir hatten uns nur geküsst und Gott, wir hatten uns gerade erst kennengelernt. Aber ich *kannte* Kass. Brauchte ihn.

„Warte nicht", sagte ich zu ihm und streichelte mit

den Händen über ihn, denn… denn *er war mein*. „Bitte. Ich will dich auch."

Ein tiefes Knurren drang aus seiner Brust und dann bewegte er sich. Mein Shirt wurde nach oben über meine Brüste geschoben und sein Mund umschloss meinen Nippel. Er saugte einmal hart, aber knurrte erneut, dieses Mal aus Frust, eine Sekunde, bevor er mein BH-Körbchen nach unten zog. „Fuck, ganz mein."

Er nahm mich wieder in seinen Mund und saugte. Hart. Es erreichte meine Mitte und ich stöhnte, fühlte mich plötzlich leer, sehnte mich nach ihm und verzehrte mich nach mehr.

Er hob den Kopf und ich blickte in seine dunklen Augen. „Dieser Laut ist nur für mich. Niemand auf der anderen Seite dieser Tür wird so eine Belohnung erhalten."

Ich nickte und vergrub meine Finger in seinen Haaren. „Kass. Mehr."

Er machte sich an meiner Hose zu schaffen, während ich meine Stöckelschuhe von den Füßen streifte und durch den Raum schleuderte. Als er nicht dahinterkam, dass der Reißverschluss auf der Seite war, schob ich seine Hände weg und zerrte ihn selbst nach unten. Kass kümmerte sich um seine Hose und ich erstarrte, als seine harte Länge hervorfederte.

„Scheiße." Ich hatte zuvor schon guten Sex gehabt, aber ich hatte so ein Gefühl, dass sich der Grund dafür, dass ich nicht vollständig befriedigt worden war, direkt vor mir befand. Ein Alienpenis. Kass war groß und sein Körper war mehr als proportional gebaut. Sein bestes Stück war dick und lang wie das eines Pornostars mit einer breiten Eichel, bei deren Anblick ich mich fragte, wie ich dieses Monster in den Mund kriegen sollte.

Mein Körper zog sich erwartungsvoll zusammen, aber ich wusste, dass ich ihn tagelang spüren würde. Es wäre eine Erinnerung daran, wie real er war.

„Meine Hose ist unten, Bindungsgefährtin. Du musst mich nicht loben." Er packte die Basis und streichelte von der Wurzel zur Spitze. Einmal. Zweimal. Ein Lusttropfen quoll aus dem Schlitz.

„Du bist ganz schön großspurig."

Seine dunkle Braue hob sich und er grinste. „In vielerlei Hinsicht. Bist du feucht für mich?"

Ich trat aus meiner Hose, schob sie bis nach unten und schleuderte sie mit einem Schlenker meines Fußes zur Seite. Ich hatte meinen Slip mitausgezogen, weshalb ich nun bis auf mein Oberteil, das über meine Brüste geschoben worden war, und meinen nach unten gezogenen BH nackt war.

Indem ich meine Hand ausstreckte, ergriff ich seine und führte sie zwischen meine Schenkel. Als er zwei Finger in mich schob, ging ich auf die Zehenspitzen und packte seine angespannten Unterarme.

„Lass mich nicht länger warten", sagte ich.

Das tat er nicht. Er zog seine Hand weg und ließ sie um eine Hüfte gleiten, um meinen Po zu umfangen. In weniger als einer Sekunde hatte er mich hochgehoben und meine Beine um seine Taille geschlungen, seinen Schwanz an meinem Eingang positioniert und dann senkte er mich.

Ich bog den Rücken durch, als ich so weit gedehnt wurde, aber mein Verlangen nach ihm erleichterte sein Eindringen.

Er ließ mir eine Sekunde, in der ich mich an ihn gewöhnen konnte, und unsere Blicke trafen sich. Hielten sich. Ich nickte und dann bewegte er sich. Das hier war nicht sanft. Oder süß. Es war ein richtiger Fick. Tiefe Stöße, mit denen er mich an die Wand nagelte und komplett füllte. Wieder und wieder. Hart. Unsere Körper klatschten aufeinander und seine Finger bohrten sich in meinen Hintern.

Ich wollte es nicht anders. Ich war so scharf auf ihn und dass er sich ohne Rhythmus bewegte und schon verzweifelt wirkte in seinem Wunsch, Vergnügen in mir zu finden, sprach dafür, dass er ebenfalls schrecklich scharf auf mich war.

Ich brauchte das hier. Ich brauchte ihn. Niemand sonst könnte mich befriedigen. Die Sehnsucht nach ihm, die sich mit der Zeit aufgebaut hatte, konnte nur durch diesen harten Sex gelindert werden. „Kass", wimmerte ich und ließ meinen Kopf nach hinten gegen die Wand fallen.

Sein wiederholtes *Mein* war das Einzige, das er sagte.

Meine Klit wurde bei jeder Bewegung seiner Hüften stimuliert und ich kam heftig, wobei ich mir auf die Lippe biss.

Kass folgte mir sogleich und ich hatte sein atemloses Knurren im Ohr, als er sich nach vorne beugte und mich mit seinem Sperma füllte, mit all seiner unfassbaren Sehnsucht nach mir.

Das hier war verrückt. Wir waren verschwitzt. Außer Atem. Ich würde Blutergüsse entlang meiner Wirbelsäule haben und mein Körper hatte einiges einstecken müssen. Aber in meinem Kopf – und in meinem Körper –

herrschten keinerlei Zweifel mehr daran, dass Kass echt war.

Und sowie wir uns wieder am Riemen gerissen und präsentabel gemacht hatten, würde ich mit ihm gehen. Zu einem anderen Planeten. Einem anderen Leben.

Nach Velerion.

KAPITEL 4

Sternenkämpfer-MCS Kassius Remeas, Battleship Resolution, *Landebucht*

ICH BESCHLEUNIGTE das Shuttle auf Höchstgeschwindigkeit und befand mich innerhalb von Minuten, nachdem ich das Sprungtor passiert hatte und ins Vegasystem zurückgekehrt war, in der Landebucht der *Resolution*. Ich war zu Hause. Noch besser war, dass Mia neben mir saß, wo sie ab jetzt immer sein würde. Ihr Gesicht wirkte ruhiger, als ich erwartet hatte, während sie die Sterne, den Planeten unter uns sowie das riesige Schlachtschiff, das wir unser Zuhause nennen würden, betrachtete. Verschiedene Geräte sprangen an und zogen uns in die Landebucht, bevor sie unser kleines Shuttle an einem der speziellen Ankerplätze vertäuten.

„Willkommen auf der *Resolution*, Sternenkämpfer."

Mia keuchte wegen der Begrüßung, die im Cockpit

erklang, und ich grinste. „Dankeschön, *Resolution*. Bitte setzen Sie Generalin Jennix über unsere Ankunft in Kenntnis."

„Bereits erledigt, Sir."

Ein Kommunikationsoffizier eines Schlachtschiffes hatte mich gerade *Sir* genannt. Ich grinste. Ja. Daran könnte ich mich gewöhnen.

Mia massierte erneut ihren Kopf und ich wollte sie in meine Arme ziehen und ihr den Schmerz nehmen. „Wie geht es dir? Ich kann das Treffen hinauszögern, wenn du mehr Zeit brauchst, um dich an das Codierungsimplantat zu gewöhnen." Ich hatte ihr alles über die Injektion des Implantats und die Nebenwirkungen erzählt und ihr ein Sedativum angeboten, damit sie den schlimmsten Teil verschlafen konnte. Sie hatte das natürlich abgelehnt.

„Ich komme schon klar. Ich habe schon Schlimmeres durchgestanden. Und ich will nichts verpassen."

„Natürlich nicht." Nicht meine Mia. Sie wollte alles sehen. Unsere Umgebung analysieren. Jedes Detail in sich aufsaugen. Ihr Blick scannte bereits das wenige, das von der Landebucht des *Battleships Resolution* zu sehen war. Sie drehte den Kopf, um aus dem Shuttle zu blicken, und ich konnte geradeso dem Drang widerstehen, die weiche Haut ihres Halses zu streicheln. Schon wieder.

Das dunkle Mal in Form eines Wirbels, das sich unterhalb ihres Ohrs befand, weckte den Wunsch in mir, mit dieser hübschen, talentierten Frau durch das Schlachtschiff zu stolzieren und mit ihr anzugeben. Ich wollte allen die Male auf ihrem und meinem Hals zeigen, die Male eines paargebundenen Sternenkämpfer-Teams. Aber das Codierungsimplantat war damit beschäftigt, an Mias neuronalem Netzwerk zu arbeiten. Die mikroelektrischen Nanobots des Implantats verbanden sich mit ihrem menschlichen Nervensystem, um sicherzustellen, dass sie alles verstehen konnte, das sie hier draußen im Weltall sah und hörte. Wenn sie vollständig in ihren Körper integriert waren, würden sie ihr dabei helfen, klarer zu sehen, ihre Reaktionszeit verkürzen und ihr helfen, sich mit maximaler Effizienz mit den Systemen velerischer Schiffe zu verbinden.

Das bedeutete nicht, dass die verdammten Implantate keine Probleme verursachten. Die Schmerzen, die sich anfühlten, als würde einem ein Dolch in den Schädel gerammt, während sich die Implantate duplizierten und dann mit den Neuronen des Wirts verschmolzen, waren nicht angenehm. Und die tiefen Falten, die der Schmerz um Mias Augen und Mund gegraben hatte, waren während unserer Reise zurück zum Vegasystem nicht weniger geworden.

„Bist du dir sicher, Mia? Es tut mir leid, dass ich dir das Implantat injiziert habe, aber es bestand keine andere Wahl. Ich kann dich in den Krankenflügel bringen. Ich kann dir auch etwas gegen die Schmerzen geben."

„Nein. Kass, mir geht's gut."

Nein, ihr ging es nicht gut. Aber sie war eine vollständig ausgebildete Sternenkämpfer-MCS. Tödlich. Sexy. Und mein. Wenn sie sagte, dass es ihr gut ging, würde ich ihre Wünsche respektieren und auf sie aufpassen, ob ihr die Aufmerksamkeit nun gefiel oder nicht. Ich inspizierte Mia in ihrer Sternenkämpfer-MCS-Uniform und erlaubte dem Anflug von Stolz, Zufriedenheit und Lust über mich zu schwappen. Sie war mein. Sie war großartig. Und sie war wirklich hier. Nachdem ich einige ihrer Sachen eingepackt, die kleine, aber gemütliche Bleibe inspiziert hatte, in der sie wohnte, und ihr Lust bereitet hatte, bis wir beide vor Erschöpfung umgekippt waren, hatte ich sie nach einigen Stunden des Ausruhens zu meinem Schiff eskortiert. Ich war in meinem Shuttle auf der Erde gelandet, während die Menschen geschlafen hatten. Mit Hilfe des Autopiloten hatte ich mein Schiff am Boden des großen Flusses der Stadt geparkt, nachdem ich von Bord gegangen war. Selbst wenn es sich nicht in dem Wasser befunden hätte, wäre mein Schiff vor den Sensoren der Erde verborgen gewesen dank der fortschrittlichen Tarntechnologie, über die wir verfügten.

Für die Rückkehr war ich mit ihr mitten in der Nacht zum Flussufer gelaufen und hatte das Shuttle gerufen. Ihr Gesicht zu beobachten, während das Schiff praktisch aus dem Nichts aufgetaucht war, war der größte Spaß gewesen, den ich seit Jahren gehabt hatte. Ich hatte mich wie ein kleiner Junge gefühlt, der mit seinem neuen Lieblingsspielzeug angab.

Ab diesem Zeitpunkt war klar gewesen, dass sich Mia nicht mehr fragen würde, ob alles nur ein Spiel war.

Mehrere Stunden des Fliegens sowie eine Reise durch das Sprungtor später waren wir angekommen.

„Wir sind zu Hause, Mia. Willkommen auf Velerion. Nun, auf dem velerischen *Battleship Resolution*, das aktuell dem Befehl von Generalin Jennix untersteht."

„Heilige Scheiße." Mia stand auf und folgte mir, als ich den Weg zur Luke des Schiffes anführte. Sie sah sich um, bevor sie nach draußen auf die Rampe trat. „Das ist *Battlestar Galactica* auf Steroiden, *Star Wars* verrückt." Sie streckte die Hand aus und fuhr mit ihren Fingern durch meine Haare, was rasch zu einem meiner Lieblingsdinge im Leben wurde. „Habt ihr Kerle *die Macht*?"

„Was ist die Macht?"

Sie lächelte breiter, als ich es jemals gesehen hatte. „Du weißt schon, Gedankenkontrolle und Telekinese und Wissen über Dinge in der Zukunft oder dass ihr spüren könnt, wenn jemand, der euch wichtig ist, in Schwierigkeiten steckt. Telepathie, schätze ich mal."

Interessant. „Nein. Besitzen Menschen diese Kräfte?"

Sie schüttelte den Kopf. „Nur in Filmen." Sie legte ihre Hand auf das Mal an ihrem Hals und zwinkerte mir zu. „Bisher jedenfalls. Wir werden sehen, was diese verrückten Implantate mit uns anstellen."

Sie hatte recht. Sie war der zweite Mensch, der eines erhielt. Unsere Wissenschaftler hatten uns versichert, dass sie für alle Spezies sicher waren, aber das bedeutete nicht, dass sie auch wirklich wussten, was die Codierungstechnologie mit Menschen anstellen würde.

Als ich mit Mias Hand in meiner über die hintere Rampe des Shuttles lief, stand dort – fuck – Kapitän Sponder und blockierte unseren Weg.

„Kapitän." Ich schob Mia hinter mich und brachte meine Masse zwischen Sponder und meine Bindungsgefährtin. Ich wartete auf die verbale Explosion, die mir sicherlich bevorstand. Sponder sollte nicht hier sein. Er war normalerweise auf der Oberfläche von Velerion, im Inneren der Eos Station, durch die er stolzierte, als gehöre sie ihm. Warum war er auf dem Schlachtschiff?

„Shuttle-Pilot, was zur Hölle soll dieser Schwachsinn, dass Sie eine Bindungsgefährtin haben und zum Sternenkämpfer-MCS befördert wurden? Sie wurden nie zu dem Trainingsprogramm zugelassen."

„Tatsächlich wurde ich zugelassen", entgegnete ich. Mia war der Beweis dafür.

„Wer hat Ihr Training genehmigt?"

Ich grinste. Ich konnte einfach nicht anders. „Sie haben das getan."

„Dieses Mal wird es Ihnen an den Kragen gehen, Pilot", blaffte er. Die Adern an seinen Schläfen pulsierten.

Der Mistkerl war nicht nur ein Erzfeind, der mich kleinhalten wollte, jetzt folgte er mir auch noch? Suchte mich wie ein Gespenst heim? Er war alt genug, um mein Vater sein zu können, und besaß die Einstellung und Persönlichkeit einer velerischen Dschungelratte. Er hasste mich.

Das Gefühl beruhte auf Gegenseitigkeit. Er war bekannt dafür, niederrangiges Personal zu belästigen, vor allem Frauen. Ich hatte mich in das System gehackt, um eines seiner Lieblingsopfer dem Dienst eines anderen Anführers zu unterstellen. Ich hatte ihm seinen Spaß und Spielchen verwehrt und dafür gesorgt, dass er jemand Schwächeren und Verletzlicheren nicht quälen konnte.

Er hatte vermutet, was ich getan hatte, aber ich hatte nie das Video mit ihm geteilt. Er hatte keinen Beweis. Klar, ich hatte es gerade zugegeben, aber er hatte trotzdem keinen richtigen Beweis. Der stumme Streit hatte länger als ein Jahr angedauert, bis er sich geweigert hatte, mich an dem Sternenkämpfer-Training teilnehmen zu lassen. Deswegen hatte ich mich in das System gehackt und mir die Erlaubnis selbst erteilt. Ich hatte meine Karriere selbst in die Hände genommen, weil ich wusste, dass er mich immer an der kurzen Leine halten würde. Ich wusste zu viel, aber vermutlich nicht alles. Ich war eine Bedrohung für seine Karriere.

Und jetzt hatte ich einen höheren Rang als er.

Er war nicht glücklich. Ich hatte den ultimativen Betrug direkt vor seinen Augen durchgezogen. Ich hatte die einzige Blockade, die er errichtet und die mich daran gehindert hatte, ein Sternenkämpfer zu werden, umgangen. Er wusste es, aber er konnte nichts beweisen. Erneut.

„Bedrohen Sie einen ranghöheren Offizier?", fragte ich.

„Ich werde mit der Generalin darüber reden." Sponders Haare waren grau. Sein Gesicht war von Falten durchzogen. Seine Augen waren fast schwarz und frei von jeglichem Mitgefühl und Wärme. Ich fragte mich, ob er wegen des Mangels an Emotionen und Empathie, den er routinemäßig zur Schau stellte, teilweise ein Cyborg war.

„Ich glaube mein Rang ist nun der eines Sternekämpfer-MCS", erwiderte ich, wobei ich mit tieferer Stimme sprach. Er würde meiner Freude keinen Dämpfer versetzen. Mia hatte während dieses Austauschs geschwiegen und er verschwendete meine Zeit und ruinierte ihre Ankunft.

Ich drückte Mias Hand und machte Anstalten, an ihm vorbeizugehen, doch er hielt seine Hand vor meine Brust. Ich wurde um meiner Bindungsgefährtin willen wütend. Er konnte mir zusetzen, so viel er wollte, aber Mia sollte er nicht einmal *anschauen*.

„Sie wurden für das Trainingsprogramm nicht zugelassen."

Ich stand neben ihm, aber wir blickten in entgegengesetzte Richtungen. „Doch, das wurde ich."

„Nein, das wurden Sie sicherlich nicht."

Wie es schien würden wir im Kreis reden.

Ich drehte mich zu ihm und schob Mia weiter hinter mich. Bisher hatte ich nicht bemerkt, wie spitz seine Nase war. „Weil Sie dafür gesorgt haben."

Er neigte seinen Kopf. „Das stimmt. Das Sternenkämpfer-Programm braucht niemanden wie Sie."

Daraufhin lächelte ich siegesgewiss. „Tatsächlich tut es das."

„Ich werde einen Bericht über Sie verfassen, weil Sie die Trainingsprotokolle verletzt haben, und Ihnen den Transfer ins Sternenkämpfer-Programm verwehren."

„Sie können eine Beschwerde bei Generalin Jennix einreichen, Kapitän, wenn Sie das Gefühl haben, Ihnen wäre von einem höherrangigen Offizier unrecht getan worden. Wenn Sie mich nun entschuldigen würden, ich habe eine Bindungsgefährtin, der ich unser neues Zuhause zeigen muss."

Sponder beugte sich nach vorne, um an mir vorbeizuschauen, als hätte er zuvor nicht einmal bemerkt, dass Mia bei mir war. Er senkte seine Hand und knurrte seine Antwort praktisch: „Sie sind nicht mein Vorgesetzter, Pilot. Dafür werde ich sorgen. Und diese Frau, wo auch immer Sie sie gefunden haben, kann unter den Felsen zurückkehren, unter dem Sie beide hervorgekrochen sind."

„Bedrohen Sie sie etwa?", knurrte ich. Er irrte sich gewaltig, wenn er vorhatte, sich einzumischen. Nichts würde mich daran hindern, mir das zu nehmen, wofür ich so hart gearbeitet hatte. Nicht, wenn auch noch Mias

Leben auf dem Spiel stand. Ihre Zukunft. Ihre Karriere. Als nur meine Zukunft auf dem Spiel gestanden hatte, hatte ich mich mit seinem Schwachsinn abgefunden und mein eigenes Ding durchgezogen. Aber Mia erwartete, dass ich für sie da war und an ihrer Seite kämpfte.

Mia würde mich brauchen. Damit ich die *Phantom* flog, ihr Rückendeckung gab, ihr half, sich in die Netzwerke der Dunklen Flotte zu hacken, sie beschützte und glücklich machte und gründlich befriedigte. Sie hatte sich mir zugeordnet, mich anhand des komplexen Fragebogens des Programms *ausgewählt*, was uns letztendlich zu einem verbundenen, hochspezialisierten Kampfteam vereint hatte. Wir waren ein verbundenes Kampfpaar. Wir hatten jede Mission der *Sternenkämpfer Trainingsakademie* beendet. Gemeinsam.

Ich bewunderte sie, hatte monatelang an ihrer Seite gekämpft und wenn ich ganz ehrlich war, hatte ich mich bereits in sie verliebt. In ihre Entschlossenheit. Ihren brillanten Verstand. Ihren frechen Mund.

Sie war jetzt neben mir und nichts würde uns auseinanderreißen. Nicht nur das velerische Gesetz verhinderte, dass eine Paarbindung getrennt wurde, sondern ich würde auch dafür sorgen, dass uns nichts trennte.

Ein Kommunikationstechniker näherte sich uns. Er begrüßte zuerst Mia, dann mich, dann neigte er den Kopf in Sponders Richtung, beinahe als wäre es ihm erst im Nachhinein eingefallen. „Sternenkämpfer-MCS. Willkommen an Bord. Wir haben Sie erwartet."

Ich blickte zu Mia, die ein wenig überwältigt, aber glücklich aussah. Ich freute mich über seine Worte. *Sternenkämpfer-MCS.* Ja, das klang perfekt.

„Sein Rang ist der eines Leutnants und er ist nicht

mehr als ein Shuttle-Pilot", blaffte Sponder den Techniker an, dessen Rückgrat sich versteifte. Diese Reaktion hatte das Arschloch immer von mir erwartet, aber ich hatte mich stets geweigert. Ich katzbuckelte nicht vor Arschlöchern wie ihm.

Der Techniker sah unsicher zwischen uns dreien hin und her. Dann richtete er sich kerzengerade auf, als sich eine hochgewachsene Frau näherte. „Generalin Jennix", sagte der Techniker. „Das ist unser neues Sternenkämpfer-MCS Bindungspaar. Kassius Remeas von Velerion und Mia Becker von der Erde."

Die Generalin lächelte und rieb beinahe vor unterdrückter Freude die Hände aneinander. „Willkommen an Bord, Sternenkämpfer. Ich bin Generalin Jennix und Sie wurden meinem Befehl unterstellt. Sie unterstehen mir direkt und nur mir." Sie betonte den letzten Teil, während sie Kapitän Sponder niederstarrte.

Ich nickte ihr zu, erfreut darüber, dass die Generalin bestätigt hatte, dass unsere neuen Rollen sicher waren. „Dankeschön, Generalin."

„Graves wird Sie zu Ihren neuen Quartieren führen. Ich bin mir sicher, Sie würden sich gerne etwas Zeit nehmen, um Ihr neues Heim zu erkunden, aber ich brauche Sie beide innerhalb der nächsten Stunde in meinem Büro. Wir haben ein Problem." Sie lächelte, was in großem Kontrast zu dem kalten Schauder stand, der bei ihren Worten über mein Rückgrat rieselte. „Die Sternenkämpferpiloten Jamie und Alex haben vor weniger als drei Stunden eine weitere IPBR abgefangen. Ich entschuldige mich, Mia Becker, aber Sie werden keine Gelegenheit zu einer Pause erhalten."

Mia hatte bis zu diesem Zeitpunkt geschwiegen und

ich fragte mich, was genau sie gerade dachte. Es sah ihr nicht ähnlich, den Mund zu halten. Zumindest während des Trainings hatte sie nie ein Blatt vor den Mund genommen. Aber sie befand sich nun auf einem Schlachtschiff. Im Weltall. Hier ähnelte nichts auch nur annähernd der Erde. Ich konnte mir vorstellen, wie überwältigt sie war. Das einzig Vertraute war ich.

„Dankeschön, Generalin", murmelte sie. „Ich schlafe ohnehin nicht viel."

Mias Worte brachten die Generalin zum Glucksen. „Sehr gut. Herzlichen Glückwunsch zum Abschluss der Sternenkämpfer Trainingsakademie. Sie sind die Zweite von der Erde, die das geschafft hat."

„Sternenkämpferin Jamie Miller und ich sind Freundinnen. Wir haben zusammen trainiert."

Die Generalin nickte. „Exzellent." Sie schaute zu mir. „Wir freuen uns darauf, dass Sie beide sich uns anschließen."

Das bedeutete, ihr war scheißegal, was Sponder wollte. Sie wollte Sternenkämpfer-MCS und zwar jetzt.

„Dankeschön, Generalin", sagte ich und nickte ihr respektvoll zu.

„Leutnant Remeas' Transfer zum Sternenkämpfer-MCS wird abgelehnt, Generalin", blaffte Sponder, der sich nun an meine Schulter stellte. „Ich denke, Sie sollten wissen, dass sich dieser Shuttle-Pilot in das Trainingsprogramm gehackt und entgegen meiner direkten Befehle in das System eingetragen hat."

„Kapitän Sponder, nehme ich an", erwiderte Jennix. Obgleich sie kleiner war als Sponder, sah sie von oben auf ihn herab. Ihre knappen Worte und stählerner Blick wiesen darauf hin, dass sie von meinem vorherigen Vorgesetzten nicht beeindruckt war.

Sponder neigte sein Kinn, obwohl ich bezweifelte, dass er auch nur einen Hauch von Respekt in sich hatte.

Die Generalin öffnete den Mund, um ihm zu antworten, doch Mia kam ihr zuvor. „Wenn er sich trotz Ihrer Sicherheitsvorkehrungen in Ihr System hacken konnte, Kapitän, dann ist das ein Beweis dafür, was für ein talentierter MCS er sein wird. Entweder das oder Sie brauchen dringend eine Lektion in Sachen Sicherheitsprotokollen."

„Nein, Sir." Sponder mochte auf mir herumhacken, aber nicht einmal er war so dumm, einer unbekannten Sternenkämpfer-MCS vor Generalin Jennix respektlos zu begegnen oder ihre Befehle zu missachten. Er war ein gehässiger, verbitterter Mann, aber er war nicht lebensmüde.

„Beides exzellente Punkte, Sternenkämpferin", stimmte Jennix zu, ehe sie ihre Aufmerksamkeit wieder Sponder widmete. „Ich werde gleich morgen früh ein Prüfungsteam zur Eos Station schicken, damit diese Protokolle gesichtet werden können."

„Ja, Generalin. Dankeschön."

Ich verkniff mir ein Lachen. Mia hatte meinen Hackerangriff gerade Sponder in die Schuhe geschoben und bekannt gegeben, dass es seine Schuld war, weil er ein lasches Sicherheitssystem hatte. Und jetzt würde er sich mit den Bürokraten herumschlagen müssen. Velerische Prüfer würden sein gesamtes System auseinandernehmen, alle befragen, die seinem Befehl unterstanden, seine Programme umschreiben und seine Zugriffskontrolle neu organisieren. Sie würden Sponder das Leben wochenlang zur Hölle machen.

Kapitän Sponders Sicherheitsmaßnahmen waren exzellent. Ich hatte im Verlauf mehrerer Tage große Mühen auf mich nehmen müssen, bis ich mich schließlich in das System hatte hacken können. Sein System war erstklassig. Ich war besser.

„Sternenkämpfer Kassius Remeas muss sich sofort zum Dienst melden", informierte ihn Generalin Jennix, dann sah sie zu mir. „Tatsächlich müssen Sie mir jetzt die Annahme der Paarbindung bestätigen, damit ich die Kontrolle über die *Phantom* augenblicklich transferieren kann."

Mia sah verwirrt aus. „Die *Phantom*?"

„Selbstverständlich. Das ist der Name Ihres Schiffes, oder nicht?", fragte Jennix, während sie ein Tablet in meine Hände drückte.

Der glatte Bildschirm teilte sich, um eine Hälfte mit meinem Gesicht zu zeigen, während die andere Hälfte des Bildschirms etwas darstellte, das wie ein Teil des Trainingsprogrammes aussah. Mias Avatar und ihre Trainingsstatistiken wurden dort aufgeführt sowie die Tatsache, dass das Training beendet worden war, sie den Abschluss gemacht, ihre Rolle als MCS angenommen und die Paarbindung mit mir akzeptiert hatte.

Mein Magen zog sich zusammen, als hätte ich einen Schlag in die Magengrube erhalten. Mia hatte Ja gesagt – offensichtlich, da sie hier war. Ich hatte gewusst, dass sie mein war, aber es auf dem Bildschirm zu sehen? Ihre Akzeptanz warf mich komplett aus der Bahn. Das Einzige, das noch von Nöten war, war meine endgültige Bestätigung. Ich legte meine Hand auf den Bildschirm und Gewissheit überkam mich. Das hier war echt. Niemand konnte mir Mia oder den Rang eines Sternenkämpfers wegnehmen. Jemals.

Sponder riss mir das Tablet aus den Händen. „Generalin, ich flehe Sie an. Bitte hören Sie zu. Dieser Rekrut hat sich ohne Zustimmung Zugang zu dem Trainingsprogramm verschafft. Er sollte im Knast sitzen, nicht zum Sternenkämpfer-MCS befördert werden."

Ich feixte, während Sponder mit seiner unüberlegten Schmährede fortfuhr.

„Ich werde mit dem Piloten nach Velerion zur Eos Station zurückkehren und mich für Sie um ihn kümmern", sprach er weiter. „Er wird für seine Missachtung eines direkten Befehls sowie wegen einer langen Liste anderer Vergehen degradiert werden."

Anderer Vergehen? Ich konnte mich gerade noch davon abhalten, die Augen zu verdrehen, aber es kostete mich einiges an Willenskraft. Diese „lange Liste" würde zweifelsohne auf dem Flug vom *Battleship Resolution* zurück zur Oberfläche erstellt werden.

Ich wollte dem Arschloch ins Gesicht schlagen, aber das vor Generalin Jennix zu tun, wäre nicht sonderlich klug.

„Wie er in das System gelangt ist, ist irrelevant", sagte Jennix und ich seufzte innerlich erleichtert auf. „Wir brauchen jetzt Sternenkämpfer. Sie sind sich der aktuellen Lage mit der Dunklen Flotte bewusst, nehme ich an. Die IPBRs und der Ort, an dem sie hergestellt werden, müssen sofort aufgedeckt werden. Wir brauchen Kämpfer wie Kassius und Mia oder Velerion, wie wir es kennen, wird nicht überleben. Kapitän Sponder, Sternenkämpfer Kassius Remeas untersteht nicht länger

Ihrem Befehl. Ich erwarte, dass Sie zur Oberfläche und zur Eos Station zurückkehren und weitere Befehle abwarten."

„Ja, Sir", murrte Sponder, der erkannte, dass er nicht mehr tun konnte.

Sie schaute zu mir und dann zu Mia. „Sternenkämpfer, kommen Sie innerhalb einer Stunde zu meinem Büro. Graves?"

Der Techniker, der uns ursprünglich begrüßt hatte, trat nach vorne. „Ja, Generalin."

„Zeigen Sie ihnen ihre Quartiere. Ich habe mich für einen Morgen mit genügend Schwachsinn rumgeschlagen." Jennix ging ohne ein weiteres Wort und eine verlegene Stille senkte sich auf uns.

Mia neigte den Kopf zur Seite, um Sponder von Kopf bis Fuß zu inspizieren. Es war enttäuschend, dass er der Erste war, dem sie hier begegnet war. „Nun, das ist für Sie nicht sonderlich gut gelaufen, oder?"

Sponder versteifte sich und machte auf der Hacke kehrt.

Ich schürzte die Lippen, um mir ein Lächeln zu verkneifen. „Viel Spaß bei der Prüfung, *Kapitän*", rief ich.

Er hielt abrupt inne, blieb drei Sekunden stehen, weigerte sich, sich mir zuzuwenden, und lief so steif weg, dass ich mir sicher war, er könnte zwischen seinen Pobacken Carbon zu einem Diamanten komprimieren.

Mit einem Grinsen salutierte ich ein letztes Mal Sponders Rücken, der sich langsam entfernte. Die Tat war alles andere als ein Zeichen des Respekts. Ich würde dieses Gesicht nicht vermissen, aber ich hatte so ein Gefühl, dass diese Sache noch nicht ausgestanden war. Es spielte keine Rolle. Ich musste nicht sein Freund sein. Zur

Hölle, mir war sogar egal, ob ich sein Feind war. Ich hatte, was ich wollte, weil *ich* dafür gesorgt hatte. Ich hatte gewonnen.

„Du hast dich in das System gehackt, damit du als Sternenkämpfer-Kandidat aufgeführt wurdest?", murmelte Mia.

„Oh ja."

„Oh. Ich schätze, du bist gut mit Computern."

„Nicht so gut wie du."

Das Kompliment brachte sie zum Lächeln, was den Wunsch in mir weckte, sie zu küssen. Andererseits wollte ich sie immer küssen. Unter anderem.

„Wenn Sie mit mir kommen würden, Sternenkämpfer. Ich werde Ihnen zeigen, wo Ihre Quartiere sind. Dann werde ich Sie zum Büro der Generalin bringen." Der Techniker war ein Heiliger. Er hatte das Gespräch zwischen uns allen mit einer sorgfältig ausdruckslosen Miene beobachtet.

„Sie arbeiten direkt mit der Generalin zusammen?", fragte ich, während wir ihm durch eine Reihe Gänge folgten. Ich ließ zu, dass sämtliche Gedanken an Sponder verpufften.

„Ich bin ihr persönlicher Sendbote. Leutnant Graves zu ihren Diensten, Sirs."

„Dankeschön, Graves", sagte Mia.

Graves hob an mich gewandt eine Augenbraue. „Sie haben sich heute einen Feind gemacht, Sir."

Ich zuckte mit den Achseln. „Das war nicht heute."

„Arschlöcher geben sowieso keine guten Freunde ab", merkte Mia an.

Ich hob ihre Hand an meine Lippen und drückte

einen Kuss auf den Handrücken. „Wie immer sprichst du die Wahrheit, meine Mia."

„In der Tat." Graves' Gesicht wurde wieder ausdruckslos, während er uns aus der Landebucht führte, damit wir unsere Zukunft beginnen konnten. Nach der Eile der Generalin zu urteilen, würde es eine actionreiche Zukunft werden.

KAPITEL 5

Mia

DAS EINZIGE, das ich von dem Schlachtschiff sah, war Graves' Rücken und eine Menge Korridore. Zu sagen, dass ich das Gefühl hatte, als wäre ich in einen Science-Fiction Film getreten, wäre eine Untertreibung. Ich *fühlte* mich, als wäre ich auf einem Schlachtschiff. Es war gigantisch. Ich würde ein Navi und einen Kompass brauchen, damit ich mich zurechtfinden könnte, und wir hatten erst zweimal die Stockwerke gewechselt.

Leute – Velerier und andere, die höchstwahrscheinlich Teil der Galaktischen Allianz waren – gingen an uns vorbei und nickten respektvoll mit den Köpfen. Ich bildete mir ein, sie würden mich merkwürdig anschauen, aber ich trug die gleiche Uniform wie sie. Nun, ihre Uniformen verfügten nicht über das gleiche Sternenkämpferabzeichen. Als ich die neue Uniform das erste

Mal angezogen hatte, hatte es sich angefühlt, als würde ich mich für Halloween verkleiden. Ich hatte meine Haare zu einem Knoten gedreht und meine Füße in das Paar Stiefel geschoben, die genauso aussahen wie die, die mein Charakter im Spiel angehabt hatte. Doch diese Stiefel waren echt. Der Stoff war weich, aber robust. Anscheinend sowohl feuer- als auch kugelsicher, zumindest teilweise.

Ich hätte mich geweigert, sie zu tragen, aber Kass hatte die gleiche Kleidung an und wir trugen beide frische Uniformen, die er bereits an Bord seines Shuttles gehabt hatte. Ein zueinander passendes Pärchen-Kostüm also. Aber als wir die Rampe hinabgestiegen und diesem Scheißkerl Sponder über den Weg gelaufen waren, war alles real geworden.

Wir hatten unsere neuen Quartiere kaum betreten, die wie eine teure Suite in einem fünf Sterne Hotel aussahen. Wirklich vornehme Wohnquartiere für Soldaten. Als ich Graves danach gefragt hatte, hatte er nur mit den Achseln gezuckt.

„Sternenkämpfer sind selten. Besonders. Wir kümmern uns so gut wir können um sie."

Ich hatte keine Zeit, auf Erkundungstour zu gehen, aber die Zimmer, in denen Kass und ich ab jetzt anscheinend leben würden, waren luxuriös und viel besser als mein Apartment in Berlin. Und wir waren im Weltraum. Auf einem Schlachtschiff, um Himmels willen.

„Wie viele Sternenkämpfer-Paare gibt es auf diesem Schiff?", fragte ich.

Graves zögerte nicht. „Zwei Pilotenpaare und Sie beide."

„Drei?"

„Ja. Nachdem die Sternenkämpfer-Basis im letzten Jahr angegriffen wurde, wurden die Piloten strategisch aufgeteilt. Sie sind das erste und einzige Sternenkämpfer-MCS-Paar, das wir haben."

„Auf dem Schiff?"

„In der velerischen Flotte."

Oh Scheiße.

„Ihre Ankunft ist ein echter Glücksfall. Die Generalin ist erpicht darauf, Ihnen die Aufgabe zu übertragen, die Quelle der neuen Angriffe aufzudecken. Ohne ein MCS-Team waren wir nicht in der Lage, Königin Rayas Truppen aufzuspüren oder den Standort ihrer Produktionsstätten zu finden."

Kass war durch die Räume gelaufen, während ich mich mit Graves unterhalten hatte. „Werden Sie unsere Habseligkeiten hierherbringen?"

Graves nickte. „Ihre persönlichen Gegenstände wurden von der Eos Station abgeholt und werden in Kürze eintreffen. Sternenkämpferin Mia Becker, Ihre Habseligkeiten werden von dem Shuttle geladen und geliefert werden, bevor Sie Ihr Gespräch mit der Generalin beendet haben."

„Sehr schön. Dann lasst uns mit der Generalin reden."

Graves führte uns durch noch ein Labyrinth aus Korridoren und zwei weitere Stockwerke zu Jennix' Büro. Er hatte zum Glück nicht mehr gesprochen. Ich wäre überwältigt gewesen, hätte er alles entlang des Weges kommentiert. Mir war bewusst, dass dieser Auftrag auch für Kass neu war, aber ich hatte keinen blassen Schimmer, ob er jemals zuvor auf diesem Schiff gewesen war oder ob er sich im Geiste eine Karte zeichnete, wie ich das tat.

Die ganze Zeit über war er an meiner Seite. Hielt meine Hand. Beobachtete mich. Mir war nicht entgangen, dass er Sponders Zugang zu mir blockiert hatte, aber ich brauchte keinen Schutz vor einem Mann wie ihm. Ich arbeitete für den Gesetzesvollzug und Geheimdienst. Arschlöcher existierten nicht nur im Weltraum. Und selbst dann war es besser, sich mit einem Arschloch anzulegen als mit einem bösen Monster. Die hatten wir auf der Erde auch.

Ich behielt meinen Verstand unter Kontrolle und weigerte mich, meine Neigung, alles zu überanalysieren, überhand nehmen zu lassen. Das Schiff, die Crew, die Realität, der wir uns hier zu stellen hatten, war sehr viel zu verarbeiten. Das hier war nicht Deutschland. Das hier war nicht die Erde. Das hier war nicht einmal Velerion. Wir waren auf einem Schlachtschiff, das im Weltraum schwebte!

„Sternenkämpfer, Generalin", sagte Graves, als wir ihr Büro betraten. Anschließend verschwand er, um eine andere Aufgabe in Angriff zu nehmen.

„Mia!"

Bevor ich meiner neuen befehlshabenden Offizierin auch nur zunicken konnte, wurde ich in eine stürmische Umarmung gezogen.

„Oh mein Gott, ich kann nicht fassen, dass du hier bist! Ist es nicht verrückt, dass wir uns im Weltraum treffen müssen anstatt auf der Erde? Wir sollten dieses Meeting eigentlich über ihre Kommunikationskanäle abhalten, aber ich weigerte mich. Ich musste dich einfach persönlich treffen. Ich meine, es *ist* verrückt, aber –"

„Lass deine Freundin atmen, Verbundene", schalt eine Stimme sanft.

Ich wurde zurückgeschoben und konnte jetzt mehr von der Umarmerin sehen als nur ihre braunen Haare. Die Stimme erkannte ich als Erstes, dann ihr Gesicht. Nun, genauer genommen, kannte ich nur ihren Avatar.

„Jamie?", fragte ich, während ich meine verloren geglaubte Freundin von oben bis unten musterte.

Sie hatte dunkle Haare, ein rundes Gesicht und ein breites Lächeln. Sie wippte auf ihren Fußballen und konnte ihre Freude kaum in Zaum halten.

„Ja! Kannst du es fassen?"

Ich schaute zu dem Mann neben ihr. Ihn kannte ich auch aus dem Spiel. „Wow", sagte ich und erlaubte meinem Gehirn, das alles zu verdauen. „Du bist Alexius."

Er nickte und grinste. „Ich habe in den letzten Tagen von Jamie viel über dich gehört. Du siehst genauso wie in dem Trainingsprogramm aus. Ich freue mich darauf, mit dir zu kämpfen. Deine MCS-Kenntnisse sind brillant." Alex wandte sich an Kass. „Und es ist mir auch eine Freude, dich kennenzulernen. Wir sind glückliche Velerier, dass wir diese Frauen als Bindungsgefährtinnen abgekriegt haben."

Kass legte seine Hand auf meine Schulter. „Dem stimme ich zu."

Jamie nahm meine Hand und zog mich zu einem Stuhl. „Ich habe zugesehen, wie du das Spiel gewonnen hast", sagte sie.

Ich erinnerte mich an das Gefühl, als ich gewonnen und Lily mir ins Ohr gebrüllt hatte. Während ich mich gefragt hatte, wo Jamie war, hatte sie die ganze Zeit zugesehen, wie sich nun herausstellte. „Ich wusste nicht, wohin du gegangen bist. Ich habe überall nach dir gesucht."

Sie sah verlegen aus. „Außer im Weltraum."

Ich nickte. „Außer im Weltraum. Warum konntest du keine Nachricht hinterlassen?"

„Und was hätte ich darin sagen sollen?", fragte sie und zog eine dunkle Braue hoch. „Das Spiel ist echt und ich gehe mit Alex nach Velerion?"

„Ja. Ich habe Lily geschrieben, damit sie sich keine Sorgen macht, wenn ich auch verschwinde. Und ich wollte ihr auch Bescheid geben, dass Darius bald an ihre Tür klopfen wird."

Jamie lachte. „Oh Mann, ich wünschte, ich könnte das sehen. Lily wird vollkommen ausflippen."

„Was machst du hier auf dem Schlachtschiff? Kass sagte, du wärst auf irgendeiner Mondbasis und die Generalin erwähnte, dass du irgendeine Bombe abgefangen hast?"

„Weißt du von den IPBRs?"

Ich nickte. „Nun, ich wusste nicht, wie sie genannt werden, aber die letzte Trainingsmission im Spiel änderte sich und es kam plötzlich ein Schiff vor, das mit Bomben beladen war, die einen ganzen Planeten zerstören konnten. Ich dachte, das wäre nur Science-Fiction Schwachsinn im Spiel."

„Sie sind echt."

„Großartig."

Sie runzelte die Stirn. „Sie sind kein Spaß. Aber ich muss dir nicht erzählen, dass sie echt sind. Ich habe eine Weile gebraucht, bis ich kapiert habe, dass hier *alles* echt ist. Alles, dem wir im Spiel begegnet sind, ist echt. Jede

Mondbasis und Asteroid und Planet hier draußen. Es ist, als würden wir in dem Spiel leben. Ich habe sogar Königin Raya persönlich kennengelernt."

Ich starrte sie an. Sie hatte Königin Raya kennengelernt? Scheiße. „*Und?*"

„Durchgeknalltes Miststück wie der übliche, verrückte, machthungrige Größenwahnsinnige."

„Sieht sie auch genauso wie im Spiel aus?"

„Bis hin zu dem dramatischen, dunkelgrauen Trenchcoat."

„Nun, es wird für mich nicht allzu schwer sein, das auch noch zu glauben. Ich glaubte, dass es real ist, als Kass auftauchte."

„Als ich dir meine Narbe zeigte", ergänzte Kass. „Und andere Körperteile."

Er zwinkerte.

Ich errötete.

Jamie grinste.

Alex beugte sich nach vorne und sagte etwas zu Kass, das ich nicht hören konnte, doch wenn das Lächeln auf seinem Gesicht irgendein Hinweis war, war er belustigt.

Ich schürzte in gespielter Verärgerung die Lippen, aber ich schämte mich nicht. Die Art und Weise, wie Alex Jamie ansah, deutete darauf hin, dass ihre Beziehung so heiß war wie meine mit Kass. Und sie waren zwei Wochen länger zusammen.

Da Kass und ich innerhalb von zehn Minuten, nachdem wir uns kennengelernt hatten, Sex miteinander gehabt hatten, könnte es gut möglich sein, dass wir bis zum vierzehnten Tag so viele Orgasmen hatten, dass wir den Überblick verloren. Mein Körper war noch immer wund von dem harten Sex, den ich mit Kass bei meiner

Arbeitsstelle gehabt hatte. Und in meinem Apartment. In meiner Dusche. Auf meinem Sofa.

Auf der Erde. Gott, das schien so weit weg zu sein.

„Du hast meine Frage nicht beantwortet. Warum bist du hier? Auf der *Resolution*, meine ich."

Jamie sah zu Alex auf. „Wir haben unsere Schicht beendet, während der wir nach IPBRs Ausschau gehalten haben, und in den Kommunikationskanälen von den neuen Sternenkämpfer-MCS gehört."

Ich nahm ihre Hand und drückte sie. „Es ist schön, dich zu sehen. Dich kennenzulernen. Hier. Gott, das ist verrückt", sagte ich mit hämmerndem Herzen. Es war berauschend. Ich war in der Lage, das Ganze mit einer meiner besten Freundinnen zu teilen.

„Wie geht es Lily?", wollte sie wissen. „Ich bin mir sicher, sie wird auch bald gewinnen und sich uns anschließen."

„Ja, aber sie macht sich Sorgen um dich. Und jetzt vermutlich auch um mich."

„Aber du hast gesagt, du hast ihr geschrieben. Was hast du gesagt?"

„Ich habe ihr erzählt, dass sie das Spiel gewinnen soll, dass Velerion echt ist, dass du bereits hier bist und ich die Erde mit Kass verlassen würde." Mein Lächeln wurde breiter. „Und ich habe ihr gesagt, dass Darius sie holen würde."

„Je eher sie das Spiel beendet, desto eher –"

„Haben wir ein anderes Sternenkämpfer-Titanen-Team auf dem Boden. Wir brauchen Titanen-Einheiten, damit sie unsere Infanterie beschützen und den Feind zu Staub zermalmen", beendete Jennix, die gerade in den Raum trat, den Satz. Ich drehte mich beim Klang ihrer

Stimme um. „Genauso wie wir mehr Sternenkämpfer-MCS-Teams und Sternenkämpfer-Piloten brauchen. Willkommen auf Velerion, Sternenkämpferin Becker."

Ich war mir ziemlich sicher, dass Jamie mit ihrer Aussage nicht *unbedingt* darauf hinausgewollt hatte, aber wir grinsten uns verschwörerisch an. Wir wussten beide, was passierte, wenn ein superheißer Krieger aus Velerion auf der Türschwelle einer Frau erschien.

Jamie stand auf und ich tat es ihr gleich. Kass war sofort an meiner Seite und Alex setzte sich in Bewegung, um Jamie zu flankieren.

Die Generalin sah zwischen uns hin und her. „Es freut mich, dass Sie ein Wiedersehen feiern konnten", meinte sie, lief um ihren Schreibtisch und setzte sich. Ich setzte mich erst, als es auch die anderen taten, weil ich nicht wusste, was das Protokoll vorsah. „Aber weitere Treffen werden warten müssen. Ich bin mir sicher Sternenkämpferin Miller hat Ihnen erzählt, wie sie die letzte IPBR, die auf Velerion abgeschossen wurde, zerstört hat."

Kass nickte und ich ebenfalls. Wir hatten keine Einzelheiten erhalten, aber ich wusste genug.

„Sternenkämpfer, bitte setzen Sie die anderen darüber in Kenntnis, was in letzter Zeit passiert ist."

Alex begann. „Während unserer Flucht von Königin Rayas Basis auf Syrax setzte die Königin eine neue Waffe ein. Wir fanden heraus, dass sie IPBRs hat, interplanetarische ballistische Raketen, die so leistungsstark sind, dass sie Velerion in Stücke sprengen könnten."

„Oder die Erde", fügte Jamie hinzu. Ihr grimmiger Gesichtsausdruck verriet mir, dass mehr hinter dieser Geschichte steckte.

Alex fuhr fort: „Die zwei IPBRs, die an jenem Tag abgeschossen wurden, wurden zerstört. Seitdem hatten wir rund um die Uhr Sternenkämpfer in der Luft, um sicherzustellen, dass wir eine Rakete, wenn die Königin noch eine einsetzt, zerstören können, bevor sie ihr Ziel erreicht."

„Hat sie das getan?", fragte ich.

„Dreimal", antwortete die Generalin.

Wir drehten uns zu ihr. „Sternenkämpfer Jamie und Alex werden nach Arturri zurückkehren, damit sie den erforderliche Schlaf bekommen. In der Zwischenzeit werden Sie beide im Tarnmodus zu einer stark bereisten Handelsroute fliegen. Wir haben mehrere Berichte über Schiffe der Dunklen Flotte erhalten, die von außerhalb des Systems nach Xandrax fliegen."

Ich musste verwirrt ausgesehen haben, denn die Generalin führte ihren Bericht weiter aus.

„Die Dunkle Flotte und deren mächtigste Mitglieder kommen nicht aus unserem System. Dass Königin Raya mit ihnen gemeinsame Sache macht, ist relativ neu, genauso dass sie ihren Versuch unterstützen, Velerion zu erobern. Sie hätten dieses System liebend gerne unter ihrer Kontrolle und Königin Raya spielt ein sehr gefährliches Spiel, indem sie sich dazu entschieden hat, Geschäfte mit ihnen zu machen. Die IPBR-Technologie wurde vor Jahrhunderten während der Erstellung von Friedensverträgen innerhalb der Galaktischen Allianz verboten und sollten sich die Allianz Systeme dazu entscheiden, sich einzumischen, könnte sich unser Krieg ausdehnen und multiple Galaxien und hunderte von Sternensystemen umfassen. Die Galaktische Allianz will nicht, dass das geschieht."

Warte, was? Das war kein Teil des Spiels. „Wie hat Königin Raya die IPBRs dann in die Finger gekriegt?"

„Wir wissen, dass sie mit der Dunklen Flotte verbündet ist. Aber wie die Waffen in unser System gebracht wurden und wo sie sie versteckt? Das ist die Information, die wir brauchen. Die Dunkle Flotte ist immer schnell dabei, Schiffe und Spione zu schicken, aber normalerweise riskieren sie keinen Krieg mit der Galaktischen Allianz. Wir könnten es mit einer unabhängigen Partei zu tun haben oder es könnte auch sein, dass die Dunkle Flotte die Bereitschaft der Allianz testet, wegen zwei kleiner Planeten in den Krieg zu ziehen."

Also ging es um Waffenhändler im Weltraum. Ein Weitpisswettbewerb. Politik. Wichtigmacherei. Meine Fresse. Leute waren Leute und Krieg war Krieg und es gab auch im Weltraum Arschlöcher. Hoffentlich konnte ich meine Arbeit dieses Mal richtig machen und dafür sorgen, dass niemand getötet wurde. Oder ein ganzer Planet voller Leute.

Ich würde mich hier im Büro der Generalin auf meine schönen, neuen Stiefel übergeben. Verflixt und zugenäht.

„Sie werden sich an eines der Schiffe der Dunklen Flotte hängen und in die Kommunikationskanäle und Datennetzwerke des Schiffes hacken, um den Standort der IPBR-Vorräte herauszufinden, und, wenn möglich, den Standort ihrer Produktionsstätte. Wenn wir diese Standorte zerstören können, können wir die Sternenkämpfer wieder auf ihre regulären Missionen schicken. Während der vergangenen Wochen waren wir hauptsächlich mit der Verteidigung unseres Planeten beschäftigt. Es ist an der Zeit, dass wir den Spieß umdrehen."

Jamie gähnte. Ich stand kurz davor, in den Panikmodus zu verfallen, und Jamie ließ sich gehen und lehnte sich an Alex, als sei es an der Zeit für ein Nickerchen und er ihr Lieblingskissen. Das konnte ich nachvollziehen.

„Sie sind entlassen, Sternenkämpfer. Exzellente Arbeit heute."

Jamie erhob sich und schenkte mir ein strahlendes Lächeln. Ich hob meine Hand zu einem High five. Das war etwas, das wir im Spiel tun hatten können, um einander zu gratulieren, und es war das erste Mal, dass wir es im echten Leben tun konnten.

„Bis bald", sagte sie.

„Darauf kannst du einen lassen", erwiderte ich.

Alex verbeugte sich vor der Generalin, dann nickte er Kass und mir zu, ehe er im Gehen Jamies Hand nahm.

„Hier sind die Einzelheiten Ihrer Mission", sagte die Generalin, dann teilte sie sie uns mit. Ich passte gut auf, wie ich es auch bei den Sequenzen vor den eigentlichen Spielmissionen getan hatte. Aber das hier war kein Spiel. Als sie ihre Ausführungen beendet hatte, war ich bereit, in die echte *Phantom* zu steigen.

„Zeigen Sie uns, was Sie draufhaben, Sternenkämpfer", beendete sie ihre Ansprache.

„Wir werden herausfinden, wo sie diese Raketen aufbewahren, Generalin", versprach ich.

„Im Tarnmodus, bitte", entgegnete sie. „Ich will Sie beide nicht auf Ihrer ersten Mission verlieren."

Ich schaute zu Kass und er nickte. Ja, wir würden von der Dunklen Flotte alles stehlen, das die Generalin brauchte, und sie würden nicht einmal wissen, dass wir da waren.

KAPITEL 6

Kassius

Leutnant Graves eskortierte uns von Generalin Jennix' Büro zur Startbucht, die von den Sternenkämpferteams an Bord des *Battleships Resolution* benutzt wurde. Unser erster Stopp war der Missions-Vorbereitungsbereich, wo uns unsere Fluganzüge gebracht wurden. Graves wartete, während Mia und ich unsere schwarze Standarduniform gegen den glatten Sternenkämpfer-Weltraumanzug austauschten. Das Material war dünn und angenehm, aber ich wusste, dass der Anzug uns vor kleineren Laserschüssen beschützte, feuerbeständig war und über den einfahrbaren Helm verfügte, den alle velerischen Weltraumanzüge in ihrem Kragen hatten und der uns, wenn nötig, bei einem Weltraumspaziergang am Leben halten würde. Die Uniform sah fast genauso wie die Standard-Sternenkämpfer-Uniform aus, abgesehen davon, dass die Weltraumanzüge integrierte Helme hatten und der Wirbel auf der Brust silbern war, nicht schwarz.

Nachdem wir unsere Flugausrüstung angelegt hatten, lief Graves mit uns durch den kleinen Startbereich. Auf der *Resolution* dienten zwei Sternenkämpfer-Pilotenteams und ihre schnittigen Kampfschiffe schimmerten in einem glänzenden, metallischen Schwarz, das bei mir Assoziationen an Gefahr und Krieg und Tod weckte. Ihre größeren Schiffe waren für den Kampf gerüstet und mit Waffen und Treibstoff beladen. Die MCS-Schiffe waren genauso schnell, aber kleiner. Wendiger. Sie verfügten nur über eine begrenzte Anzahl an Waffen und der Großteil des Innenraums war mit Kommunikations- und Computerausrüstung beladen anstatt mit Kanonen.

Ich riet selbstverständlich nur. Ich hatte noch nie ein solches Schiff gesehen, nur in der Trainingssimulation, die ich mit Mia beendet hatte. Die unauffälligen MCS-Schiffe waren ein so gut gehütetes Geheimnis, dass niemand außer den spezifischen Mechanikerteams der Sternenkämpfer in ihrer Nähe erlaubt war. Und das auch nur mit Erlaubnis des Sternenkämpfers, der dem Schiff zugeteilt worden war. Als der Pilot und zweite MCS-Offizier war ich in einer unterstützenden Funktion für Mia da. Ich musste sicherstellen, dass sie sicher ankam, dem Feind auswich und überlebte, damit sie an einem anderen Tag wieder kämpfen konnte.

Obwohl ich der Pilot war, war die *Phantom* Mias Schiff, nicht meines. Ihre Stellung als die führende MCS-Offizierin unseres Teams bedeutete, dass das Schiff ihr gehörte, genauso wie ich. Mit Körper und Seele. Ich wünschte mir mehr Zeit allein mit ihr. Um sie kennenzulernen. Ihren Kopf. Ihren Körper. Das würde warten müssen... für den Moment. Ich war mir nicht sicher, wie lange ich mich zurückhalten könnte. Ich wollte sie berühren. Ich wollte sie beobachten, während ich sie erregte und zum Schreien brachte.

Mia lief mit federnden Schritten.

„Haben die Kopfschmerzen aufgehört?"

Sie grinste mich an. „So gut wie. Ich kann nicht fassen, dass ich die *Phantom* sehen werde. In echt."

Ihre Aufregung war ansteckend und ich erwiderte ihr Grinsen, während wir unser Tempo beschleunigten, woraufhin Graves eine Braue hochzog, weil er sich anstrengen musste, uns einen Schritt voraus zu bleiben.

Ich dachte, ich wäre mental darauf vorbereitet, meine Zukunft kennenzulernen. Doch als ich die *Phantom* zum ersten Mal sah, spannte sich mein gesamter Körper an, während mich ein Gefühl des Grauens... und der Freude überkam. Das Schiff war ein lebender, atmender Alptraum für meine Sinne. Es war dunkler als die Tiefen des Alls. Während ich die Umrisse des Rumpfs anstarrte, kniff ich die Augen zusammen, denn die Ränder verschwammen, bewegten sich und schienen sich in einem Zustand dauerhafter Veränderung zu befinden. Wie ein Fluss aus schwarzem Wasser, der gegen sein Ufer schwappte. Nachts. Ein hoch entwickeltes Netzwerk aus kontrastierenden Paneelen brachte die Außenseite des Rumpfs buchstäblich wie eine düstere Illusion zum Schimmern trotz der Tatsache, dass Mia und ich nur weniger als zehn Schritte entfernt standen.

Das war ein Schiff, das sich mit Geheimnissen befasste. Mit Schatten.

Tod. Und ich hatte mich in die Systeme gehackt, um hier sein zu können.

„Oh mein Gott." Mia wirkte wie hypnotisiert von der *Phantom* und ihre geflüsterten Worte schickten einen Schauder von meiner Schädelbasis zu meiner Brust. Sie erkannte die Wichtigkeit dieses Momentes genauso sehr wie ich. Sie hatte hart gearbeitet, um hier sein zu können. Nicht nur im Trainingsprogramm, sondern auch an ihren Lebenskompetenzen und bei ihrem Erdenjob. Sie war brillant und das würde sich auszahlen, während wir gegen die Dunkle Flotte kämpften.

Graves winkte die zwei Mechaniker in dem Bereich zu uns. Ein Mann und eine Frau, die recht jung wirkten, aber voller Selbstvertrauen zu uns liefen. „Sternenkämpfer Mia und Kassius, dies sind Ihre paargebundenen Mechaniker Vintis und Arria. Mechs, dies ist unser neuestes Sternenkämpfer-MCS-Bindungspaar, Mia Becker von der Erde und Kassius Remeas, ehemaliger Shuttle-Pilot der Eos Station."

Die zwei sahen in ihren dunkelblauen Uniformen wie Zwillinge aus und das silberne Sternenkämpferabzeichen schimmerte hell auf ihren Brüsten.

Mia streckte die Hand aus, wobei ihr Daumen zur Decke zeigte. „Ich bin Mia. Freut mich, euch kennenzulernen."

Die zwei starrten ihre dargebotene Hand einige Sekunden verwirrt an. Schließlich streckte auch Arria ihre Hand aus. Mia packte Arrias Hand und hob sie hoch, dann zog sie sie mehrere Male nach unten, bevor sie sie losließ.

„Es ist uns eine Ehre, Sternenkämpfer." In Arrias Lächeln war kein Hauch von Falschheit zu sehen, während sie Mia betrachtete, als sähe sie eine Göttin aus Fleisch und Blut vor sich. Ich erstarrte bei ihrem Anblick noch immer in Ehrfurcht, weshalb es kein Wunder war, dass es anderen genauso erging. Solange ich derjenige war, der sie mit ins Bett nahm, würde ich sie mit anderen teilen.

Nachdem sie genug gestarrt hatte, wandte sich Arria mir zu und berührte ihre Schläfe mit zwei Fingern, was die übliche velerische Begrüßung war. Ich antwortete genauso, während Mia Vintis Hand packte und mit dem viel größeren Mann die gleichen Bewegungen wie schon bei Arria durchführte.

„Vintis", sagte sie zur Begrüßung.

„Ich bin stolz darauf, Teil deines Teams zu sein, Sternenkämpferin."

„Genauso wie ich. Wir werden dafür sorgen, dass euer Schiff in perfektem Zustand ist, Sirs", versicherte uns Arria. „Vintis übernimmt das schwere Heben und ich quetsche mich in enge Räume. Wir sind die besten Mechaniker auf der *Resolution*."

Vintis schnaubte. „Die besten auf Velerion."

Ich mochte ihre Einstellung.

Graves nutzte die Gelegenheit, um sich zu räuspern. Ich hatte ganz vergessen, dass er da war. „Kaufen Sie Ihren neuen Mechanikern einen Drink, wenn Sie lebend von Ihrer Mission zurückkehren, Sternenkämpfer. Das Zielschiff wird in wenigen Stunden durch den velerischen Raum fliegen. Sie müssen in die Gänge kommen."

Vintis sah enttäuscht aus, aber kannte seinen Platz. „Es ist alles bereit für eure Abreise. Die Treibstoff- und Energiereserven sind komplett aufgefüllt. Die Waffen sind an Bord und geladen. Das ganze System wurde dreimal inspiziert, seit wir sie auf der *Resolution* in Empfang genommen haben. Die *Phantom* ist flugbereit."

Mia blickte über ihre Schulter zu mir und ihre Augen leuchteten vor Aufregung. „Kass?"

Ich wollte sie packen, sie küssen und vor Verlangen zum Wimmern bringen.

Also tat ich genau das.

Indem ich ihre Oberarme ergriff, zog ich sie dicht zu mir und verschmolz meinen Mund mit ihrem. Den Bruchteil einer Sekunde war sie überrascht, dann öffnete sie sich für mich. Unsere Zungen tanzten miteinander und wir neigten die Köpfe, um den Kuss zu vertiefen. Mehr. *Mehr*. Mein Schwanz pochte vor Verlangen nach mehr.

Stattdessen wich ich zurück. Grinste, als sie ihre Augen blinzelnd öffnete.

„Das ist es, meine Bindungsgefährtin. Gehen wir."

Mia leckte sich über die Lippen und ich stöhnte. Sie ließ mich zurück, um mit ihrer Hand über die Außenwand unseres Schiffes zu streichen, während sie die Rampe hinauflief. „Sie ist wunderschön. Ich kann nicht fassen, dass das hier real ist. Es ist, als wäre ich Teil einer Episode von *Star Trek* oder so etwas. Und das nicht nur als Statistin."

Ich hatte keine Ahnung, wovon sie sprach, aber nachdem ich meinen Schwanz verlagert hatte, sodass der Raum in meiner Uniformhose angenehmer verteilt war, führte ich den Weg in das Schiff an. „Beginnen wir mit unserer Reise zu den Sternen, meine Mia."

„Bist du froh, dass du dich in das System gehackt hast?", fragte sie.

Ich grinste. „Oh ja."

Mia machte einen Satz, dank dem sie die letzten Schritte überwand, und klatschte ihre Hand auf die Kontrollknöpfe für den Zugang, um die Rampe einzufahren und die Türen zu schließen. Ich fragte mich eine Sekunde lang, woher sie wusste, wie man das machte. Dann fiel mir ein, dass wir diese Handlungsabfolge beide hunderte Male im Trainingsprogramm beobachtet hatten. Sie lief in das Schiff und reckte den Hals, um in jede Richtung zu schauen.

„Es ist genauso wie im Spiel. Sogar die flachen Bolzen auf der Bodenplatte. Das ist unglaublich."

Ich packte ihre Hüften, zog sie für einen kurzen Kuss nah zu mir und zwang mich, einen Schritt zurück zu machen. „Ich kann es nicht erwarten, sie zu fliegen. Komm schon."

Wir joggten zum Cockpit, wozu ganze zehn Schritte nötig waren, und ich schob mich auf den Pilotensitz, während sie ihre Position auf dem Sitz des Kopiloten bezog. Wenn wir unser Ziel erreicht hatten, würde ihr Sitz in die Richtung gleiten, die mir gegenüberlag und von wo sie Zugriff auf eine große Ansammlung an Überwachungs- und Hackerausrüstung hätte sowie die fortschrittlicheren Mission Control Systeme. Ich würde unterdessen das Schiff fliegen und mich um die Tarnung und Waffen kümmern. Die wir, wenn wir gut in unserem Job waren, nur selten brauchen würden.

Nachdem ich mich vergewissert hatte, dass wir beide unsere Fluggurte trugen, ließ ich die Motoren an und bat um Starterlaubnis.

Mia rieb die Hände aneinander und starrte auf den Bildschirm. „Los geht's, Kass. Ich kann es nicht erwarten, eines der Dunklen Flotten Schiffe aus der Nähe zu sehen."

„Sie sind gefährlich, Mia. Das hier ist kein Spiel. Die Schiffe, die wir verfolgen werden, sind echt."

Würde sie Risken eingehen, die sie nicht eingehen sollte, wegen der Art und Weise, wie sie ausgebildet worden war? Diese Möglichkeit hatte ich bis zu diesem Moment nicht bedacht. Sie war ein wenig waghalsig. Wild. Genauso wie ich. Das könnte zu einem Problem werden, wenn wir nicht aufpassten.

„Oh, ich weiß", kommentierte sie. „Aber dieses Miststück einer Königin hat versucht, meine beste Freundin zu töten und deinen ganzen Planeten auszulöschen. Wenn stimmt, was Generalin Jennix sagt, und sie Velerion vernichten, wird die Erde als Nächstes auf ihrer Eroberungsliste stehen, nur weil Jamie von dort kommt. Und ich auch. Das werde ich nicht zulassen." Sie rutschte auf ihrem Sitz hin und her und neigte den Kopf, um zu mir zu schauen. Ihre Augen wurden schmal und ich von ihrer Heftigkeit erregt. Niemand setzte meiner Bindungsgefährtin zu oder jemandem, der ihr wichtig war. „Kommt nicht infrage. Kapiert? Dieses Miststück wird untergehen."

„Also, Verbundene, du bist nicht waghalsig, sondern einfach nur blutrünstig?", fragte ich, während unser Schiff aus dem Startbereich und in den offenen Weltraum schoss.

Meine Worte brachten sie zum Lachen. „Genau. Wahoooooooo!", schrie sie, während die G-Kräfte uns in unsere Sitze pressten.

Sie war umwerfend. Perfekt. Mein. Mit Blutrünstigkeit konnte ich arbeiten.

Wir flogen beinahe in Höchstgeschwindigkeit in einem weiten Bogen zu unseren Zielkoordinaten. Die Überwachungssysteme hatten ein Schiff der Dunklen Flotte aufgespürt, das seit mehreren Tagen in regelmäßigen Intervallen durch diese Gegend geflogen war. Wir würden mit Bedacht vorgehen. Das regelmäßige Erscheinen des Schiffes stank gewaltig nach einer Falle. Heute, wenn wir Glück hatten, würden wir in der Nähe sein, wenn das Schiff durch den von Veleriern kontrollierten Weltraum flog, und hoffentlich würde es uns gelingen, unentdeckt zu bleiben. Wir würden herausfinden, was das Schiff der Dunklen Flotte hier draußen machte und die Informationen sammeln, die Generalin Jennix brauchte, ohne dass die Dunkle Flotte etwas davon erfuhr.

Mia betrachtete die entfernten Sterne, die Dunkelheit des Weltraumes. Wir hatten lange Minuten in einvernehmlichem Schweigen dagesessen, als sie die Stille mit einer unerwarteten Frage durchbrach.

„Was ist der Zweck hinter der Paarbindungs-Sache? Im Spiel fand ich es romantisch und spaßig. Aber ich hatte keine Ahnung, dass andere Leute auf Velerion ebenfalls Paarbindungen eingehen. Wie die Mechaniker – oder Mechs, so nennt ihr sie oder? Vintis und Arria? Sie sind auch ein Bindungspaar, stimmt's? Was bedeutet das auf Velerion? Sind wir verheiratet? Verlobt? Haben wir irgendeinen Arbeitsvertrag?" Mias Hände flogen über ihr Bedienpult, als würde sie absichtlich den Blickkontakt mit mir meiden. Dass sie reden und arbeiten konnte, sprach für ihre wahnsinnigen Fähigkeiten und komplexen Verstand.

Ich legte meine Hand auf ihre und stoppte ihre

Bewegungen. „Mia, du bist mein und ich bin dein. Wir arbeiteten zusammen, wir trainierten zusammen, wir lernten zusammen. Wir passen in Bezug auf unsere Fähigkeiten und Temperament zusammen. Wir haben gemeinsame Ziele und arbeiten zusammen. Paargebundene, velerische Teams sind stärker als die, die Probleme damit haben, allein zu arbeiten. Habt ihr auf der Erde keine Bindungsgefährten?"

Mia zuckte mit den Achseln. „Die haben wir schon, aber es ist nicht so wie bei euch."

„Wie sieht eure Paarbindung dann aus?"

Wir trieben nah an einen sich langsam drehenden Asteroiden und ich lenkte das Schiff in eine Rolle in der gleichen Geschwindigkeit, sodass wir aussahen, als wären wir ein Teil des Felsens.

„Nun, Menschen gehen auf Dates, um einander kennenzulernen. Wenn sie sich verstehen und eine gute Chemie haben –"

„Chemie? Zwischen Menschen? Wie passiert das? Könnt ihr eure Haut abstreifen? Flüssigkeiten austauschen?"

Mia brach in Gelächter aus, aber ich meinte es ernst.

„Das ist kein Witz, Mia. Wenn Menschen diese Art von biologischen Bedürfnissen haben, um Überleben zu können, müssen unsere wissenschaftlichen und medizinischen Teams benachrichtigt werden. Zwischenmenschliche chemische Reaktionen sind in eurem Artenbericht nicht verzeichnet."

Mia lächelte noch immer, während sie ihre Hand umdrehte, sodass mir die Handfläche zugewandt war. Ich stöhnte beinahe vor Zufriedenheit, als sie ihre Finger mit meinen verflocht und uns zu einem Wesen verband. „Nein. Es tut mir leid. Das ist ein Slangausdruck."

„Slang?"

„Vergiss das. Gott, warum ist das so schwer?"

Sie lehnte ihren Kopf nach hinten gegen den Sitz. „Wenn sich zwei Menschen zueinander hingezogen fühlen, treffen sie sich weiterhin. Wenn sie einander genug mögen, haben sie Sex. Und wenn der gut ist und sie sich verlieben, heiraten sie, lassen sich nieder, bekommen ein paar Kinder, kaufen sich das Haus und den Hund und die Katze und den weißen Lattenzaun. Sie gehen zur Arbeit, werden alt, leben sich auseinander, werfen das Baby aus dem Haus und streiten den Rest ihres Lebens wie verwundete Wölfe."

Ich nahm mir Zeit, um alles zu verarbeiten, was sie gerade beschrieben hatte. „Das klingt schrecklich."

Sie lachte abermals. „Das ist es."

„Ihr trefft euch und redet, dann habt ihr Sex. Dann verpflichtet ihr euch einer lebenslangen Verbindung und fangt an, euch fortzupflanzen? Was ist mit gemeinsamen Interessen und Zielen? Was ist damit, zusammen zu arbeiten? Als Team stärker zu werden? Vintis und Arria sind zusammen stärker, weil sie ein gemeinsames Wissen und Arbeit haben. Sie helfen einander, schwierige Probleme zu lösen, versetzen sich in den anderen hinein, verstehen die Herausforderungen, denen sich jeder von ihnen stellen muss. Wie bewahren eure menschlichen Paargefährten gesunde Beziehungen, wenn sie nicht zusammen arbeiten und lernen und florieren?"

„Das tun sie nicht." Mia ließ meine Hand los und rückte auf ihrem Platz nach vorne, um ihr Bedienpult zu inspizieren. „Die Scheidungsrate liegt bei mindestens fünfzig Prozent."

„Was ist eine Scheidung?"

„Der Grund dafür, dass ich nicht verheiratet bin und nie Kinder möchte." Die Bitterkeit in ihrer Stimme warf für mich viele unbeantwortete Fragen auf, aber Mia hatte recht damit, dass sie ihre Aufmerksamkeit wieder dem Schiff widmete. Das Zielschiff hatte gerade den Wirkungsbereich unserer Sensoren erreicht und näherte sich. Ich vergewisserte mich, dass wir im Tarnmodus waren und nicht gesehen werden würden. Dennoch musste ich eines klarstellen.

„Du bist mein, Mia", sagte ich. Sie würde nicht zweifeln. Nicht an mir. „Du wirst dich jetzt mit keinem Menschen mehr zu einer Paarbindung zusammenschließen. Wir sind miteinander verbunden und ich teile meine Gefährtin nicht mit anderen Männern."

Was auch immer Mia sein mochte, sie war nicht schüchtern. Sie drehte sich, um mich anzuschauen, wobei sich ihre Augen vor Verlangen verdunkelten. „Ich teile auch nicht, Fliegerjunge. Nur damit das klar ist."

„Ich begehre keine andere. Der Kuss hätte das deutlich machen sollen."

„Gut." Sie wandte sich von mir ab und betätigte den Knopf, der ihren Sitz in den MCS-Modus schieben würde. „Jetzt lass uns an einem dieser gemeinsamen Ziele arbeiten, über die du geredet hast, und in die Schiffssysteme dieses Arschlochs hacken."

„Einverstanden. Jetzt kämpfen wir, später ficken wir." Ich wartete auf den perfekten Moment, um mich von dem Asteroiden zu entfernen und in die Plasmaspur des vorbeifliegenden Schiffes zu begeben. Das Tarnsystem der *Phantom* war dazu designt worden, die Frequenz des interstellaren Plasmastroms perfekt nachzuahmen und das leise Summen zu erzeugen, das unser Schiff im Universum verschwimmen lassen und uns erlauben würde, ihren Sensoren auszuweichen.

Mia hob ihren Blick zu meinem, wie ich es erwartet hatte, und ich flog die *Phantom* in eine Kerbe in dem Kriegsschiff der Dunklen Flotte, in der wir uns ausruhen konnten. Ich hatte mit etwas Kleinem gerechnet, einem Shuttle eines Schmugglers oder einem Scythefighter auf Patrouille. Stattdessen hatten wir es mit einem von Königin Rayas Kriegsschiffen zu tun. Das Schiff war gigantisch, mindestens um die Hälfte größer als das Schlachtschiff, das wir verlassen hatten. Ich hatte diese Schiffe aus der Ferne gesehen, während ich Truppen von Kampfzonen abgeholt oder dort abgesetzt hatte. Aber ich war noch nie so nah an einem dran gewesen.

Nun, nicht außerhalb der Trainingssimulation.

„Es ist, als würde sich ein kleiner Fisch an einen Wal hängen", murmelte sie.

Ich schaute zu Mia. Ihre Hände flogen mit Leichtigkeit über ihr Bedienpult. Ihre Schultern waren entspannt und ihr Blick fokussiert. Ich erkannte den Moment, in dem sie auf ihre Systeme zugriff daran, dass sich ihre Lippen an den Winkeln leicht nach oben bogen. Als sie sich zu mir drehte, die Augen vor Freude leuchtend, war ich bereit.

„Wie lange brauchst du?", wisperte ich. Ihre Antwort war genauso leise.

„Zwei Minuten. Der Datentransfer ist sogar noch schneller als im Spiel."

„Natürlich. Die Technologie der Erde ist kindlich und langsam."

„Warum teilt ihr dann nicht eure Technologie mit uns?", zischte sie zurück.

Das war eine ernste Frage. „Was würde dein Volk mit einer fortschrittlicheren Technologie tun?", fragte ich.

Sie zuckte mit den Achseln. „Das ist leicht. Einander mit größerer Effizienz töten."

„Du hast dir deine Frage selbst beantwortet."

Sie drehte den Kopf und musterte ihre Monitore, wobei sich ihre Hände bewegten, um Einstellungen zu verändern, während der Datentransfer an- und abschwoll. Die Stille im Cockpit veranlasste mich dazu, über meine Schulter zu blicken. Ich konnte meine Aufmerksamkeit nicht lange von den Steuerelementen abwenden. Ich musste uns manuell in unserer aktuellen Position halten. Würde ich eine Pause machen, würden wir Gefahr laufen, unseren Standort zu verraten oder mit dem viel größeren Schiff zu kollidieren.

Wir arbeiteten mehrere Minuten schweigend, während ich jedes Fünkchen meiner Fähigkeiten benutzte, das ich besaß, um uns parallel zu der Kerbe in dem riesigen Kriegsschiff zu halten. Sie begannen ein Rollmanöver, von dem ich vermutete, dass es in Vorbereitung auf einen Hochgeschwindigkeitsabgang aus dem Bereich geschah. Wir durften dem Schiff nicht so nahe sein, wenn es beschloss, davon zu sausen. Wir würden von ihren Motoren zerstört werden, wenn sie an uns vorbeizogen.

„Mia, wir müssen los."

„Ich weiß. Ich bin fast so weit." Ihr ganzer Körper vibrierte vor Energie, als sie sich nach vorne beugte und ihre Finger und die optischen Bedienelemente so schnell bewegte, wie ich es von ihr noch nie gesehen hatte. Schneller, als ich es bei unseren Trainingssimulationen gesehen hatte.

„Mia." Das große Schiff flog über unseren Köpfen hinweg und es hieß jetzt oder nie.

„Ich hab's! Los!"

Ich schaltete den Magnetfeld-Generator-Puls aus, den ich zur Unterstützung benutzt hatte, um uns an der Außenwand des Kriegsschiffes zu halten. Daraufhin driftete die *Phantom* wie Trümmer von dem Schiff der Dunklen Flotte weg. Wir ritten perfekt auf der Plasmaverzerrungswelle des Schiffes.

Ein eigenartiger Warnlaut erklang. Nur einmal. Ein Ping, das sofort meine Aufmerksamkeit erregte, während Mias Bildschirme mehrere Sekunden mit einem Störbild gefüllt wurden, bevor sie wieder zu ihrem Normalzustand zurückkehrten.

Der leise Alarm stoppte.

„Was war das?", fragte Mia.

„Ich weiß es nicht, aber es ist fort." Ich überprüfte jedes Messgerät und Sensor, alles, das mir zu inspizieren einfiel, während Mia das Gleiche tat. „Hast du irgendetwas gefunden?"

„Nein. Ich schätze, dass es das Plasmafeld war. Oder vielleicht kosmische Strahlung? Warpkern? Solarsturm? Mir gehen die Science-Fiction Worte aus und ich habe keine Ahnung, wie dieses Weltraumzeug funktioniert. Ich weiß nur, wie man die Dinge von diesem Sitz aus operiert. Ich hasste den Naturwissenschaftsunterricht."

Ich war verliebt. „Genauso wie ich. Wenn ich es nicht

fliegen oder hacken konnte, hatte ich kein Interesse daran."

„Du wolltest mich also so sehr, dass du dich in die *Sternenkämpfer Trainingsakademie* gehackt hast."

„Du hast keine Ahnung", erwiderte ich.

„Vielleicht ist wirklich etwas an dieser Paarbindungs-Sache dran."

Ich grinste. „Gib mir ein paar Minuten und ich werde dich überzeugen. Noch einmal." Ich warf einen Blick auf die Sensoren und war erleichtert, zu sehen, dass sich das Kriegsschiff mit zunehmender Geschwindigkeit von uns entfernte. Es starteten keine Scythefighter. Es gab keine Kommunikationsprobleme. Es machte den Anschein, als hätten wir unsere Mission erledigt, ohne entdeckt zu werden.

Das hier war so viel besser, als ein Shuttle-Pilot zu sein. Und mit Mia an meiner Seite…

Noch ein paar Minuten und ich würde sie ganz allein für mich haben. Sie nackt auszuziehen, wäre dann meine oberste Priorität.

KAPITEL 7

Mia

Noch ein paar Minuten? Ich verzehre mich jetzt nach ihm. Auf seine Versprechen hin rutschte ich auf meinem Platz hin und her. Da sich das Ping nicht wiederholte, erlaubte ich dem Adrenalin, durch mich zu strömen. Wir waren vom Schiff der Dunklen Flotte entfernt und wir hatten die Daten.

Wir hatten eine echte Mission beendet.

„Ist es immer so?", fragte ich.

„Wie was?", erwiderte Kass, der das Schiff zurück zur *Resolution* lenkte.

„So... verrückt. Berauschend. Soooo viel besser als im Spiel."

Natürlich hatten wir uns unerkannt an- und wieder rausgeschlichen. Wir hatten keine der Kampffähigkeiten einsetzen müssen, die wir im Spiel geübt hatten. Aber dennoch… es war *echt*.

Ich schaute aus dem Fenster ins Weltall. *Weltall*. Würde ich mich jemals daran gewöhnen? Es gab nichts Grünes. Keinen blauen Himmel. Ich fragte mich, wie es wohl auf Velerion war. War es wie auf der Erde? Die *Sternenkämpfer Trainingsakademie* bezog den Heimatplaneten kaum mit ein. Da wir auf einem Schlachtschiff stationiert waren, war es auch nicht so, als würde ich es bald herausfinden. Und nach den Daten zu schließen, die wir gerade entdeckt hatten, würden wir uns höchstwahrscheinlich im Zentrum der aktuellsten Schlacht mit der Dunklen Flotte wiederfinden.

Jetzt, da wir fertig waren, war ich hibbelig. Ich hatte das Gefühl, als könnte ich nicht stillsitzen, was in einem Raumschiff ziemlich schwierig war. Ich konnte nirgendwo hin.

„Was ist los, meine Mia?"

„Ich bin… glücklich", gestand ich und ein langsames Lächeln breitete sich auf meinem Gesicht aus. „Nein, es ist mehr als das. Ich bin begeistert. Es ist kein Vergleich dazu, in meinem Wohnzimmer zu spielen. Da warst du zwar schon an meiner Seite, aber ich wusste nicht, dass du echt bist."

„Müssen deine Erinnerungen aufgefrischt werden?"

Definitiv nicht. Ich wusste, dass er echt war. Genauso wie mein Körper. Aber ich befand mich auf der anderen Seite der Galaxie und starrte in den Weltraum. Es war, als wäre ich eine andere Person, ganz anders als die Person, die ich noch vor wenigen Tagen gewesen war. Doch diese Version von mir war auch echt. Kass war auf der Erde gewesen. Er hatte mein anderes Leben gesehen. Und mich davor gerettet. Er hatte mich buchstäblich von den Füßen gerissen, an die Tür gedrückt und dann zu einem anderen Planeten gebracht.

„Mia? Ich will dich. Nackt. Jetzt."

Mein ganzer Körper wurde heiß und meine Mitte zog sich zusammen. Er war nicht zurückhaltend, das stand mal fest. Und ich mochte ihn so. Ich warf einen letzten Blick auf meine Sensoren, um mich zu vergewissern, dass wir wirklich ganz und gar allein hier draußen waren.

„Kassius Remeas?"

„Nackt, Mia."

„Ich weiß, dass du echt bist."

„In der Tat."

„Genauso wie dein magischer Schwanz", entgegnete ich, während ich die Daten, die ich runtergeladen hatte, in überschaubare Pakete sortierte.

„Magisch?" Er lachte.

„Ich kann nicht fassen, dass wir das gerade getan haben. Es ist so surreal."

„Sehr real. Jetzt können die Leute der Generalin die Daten analysieren und einen Angriff planen."

„Wie werden sie die IPBRs vernichten, ohne einen ganzen Planeten zu zerstören?"

„Das müssen Jennix und die anderen herausfinden. In der Vergangenheit schlugen Wissenschaftsteams vor, dass wir sie in unseren Stern Vega feuern sollten. Doch darum müssen wir uns nicht den Kopf zerbrechen. Wenn wir zurückkommen, werden wir gezwungen sein, uns auszuruhen."

Ich blickte zu ihm und hörte das tiefere Timbre seiner Stimme.

„Ausruhen?"

„Schlafen. Als Pilot wird von mir verlangt, dass ich mich vor einer neuen Mission für eine Zeitspanne von zwölf Stunden ausruhe. Du ebenfalls."

„Müssen wir uns die ganze Zeit… ausruhen?"

Er bedachte das Bedienpult mit einem weiteren Blick, dann drehte er sich um, um mir seine gesamte Aufmerksamkeit zu widmen. „Verspürst du Kampfverlangen?"

Ich runzelte die Stirn. „Was?"

Sein dunkler Blick glitt über mich. Über jeden Zentimeter und seine Aufmerksamkeit brachte meine Nippel zum Kribbeln. „Wenn ein Kampf vorbei ist, ist mein Schwanz hart. Deswegen nennt man es so. Ich muss ficken. Schnell. Hart. Schmutzig. Das reduziert das Adrenalin."

„Ich habe keinen Schwanz", konterte ich.

Er zwinkerte. „Ich bin mir nur allzu gut bewusst, was du *hast*."

Ich biss mir auf die Lippe. „Ich weiß nicht, ob es Kampfverlangen oder so etwas ist, aber ich brauche dich. Jetzt. Ich kann nicht warten, bis wir zu unseren Quartieren zurückkehren."

Er öffnete seinen Gurt. „Dann werden wir nicht warten."

„Was?" Als er seinen Finger krümmte, sah ich mich um. „Hier?" Er hatte mir gesagt, ich solle mich ausziehen, aber ich hatte gedacht, er würde mich nur necken. Flirten. Die Vorfreude steigern.

Meinem Körper gefiel die Idee, aber die *Phantom* war klein. *Wirklich* klein.

„Hier. Jetzt. Du wirst auf meinen Schoß klettern und du wirst meinen Schwanz reiten, bis du mindestens zweimal gekommen bist."

Ich verengte die Augen zu Schlitzen, gleichermaßen angetörnt und abgeschreckt. Niemand hatte je zuvor so mit mir geredet, nicht ohne eine Ohrfeige zu kassieren, die sich gewaschen hatte. „Ist das ein Befehl, Sternenkämpfer?"

Er legte den Kopf zur Seite. „Möchtest du mich herumkommandieren?"

Wollte ich das? Wir hatten nur zehn Minuten, nachdem wir einander kennengelernt hatten, Sex miteinander gehabt. Nur eine Tür hatte uns von meinen Kollegen getrennt. Jetzt war niemand in der Nähe. Es war *nichts* in der Nähe.

Ich brauchte die Verbindung zu Kass. Seine Berührungen. Ich musste ihn in mir spüren. Ich musste wissen, dass wir am Leben waren. Und ich brauchte das jetzt.

„Oh ja", sagte ich.

„Das heißt ‚ja, Sir, Sternenkämpfer'", korrigierte er. Als seine Stimme so tief und dominierend wurde, erschauderte ich.

Ich öffnete ebenfalls meinen Gurt und krabbelte auf meine Knie. Es war, als würde ich mich in einem großen SUV ausziehen. Es gab *ein wenig* Platz, aber nicht viel. Ich stieß mit dem Ellbogen gegen einen Bildschirm, mit dem Knie gegen etwas anderes und mein Fuß blieb eine Sekunde lang hängen, aber ich zog mich aus. Ein Fliegeranzug und Kampfausrüstung konnten nicht so leicht abgelegt werden.

Lektion gelernt. Aber danach zu urteilen, wie mich

Kass musterte, war es das wert, denn als ich endlich nackt war, leckte er sich über die Lippen und das Begehren in seinem Blick verbrannte mich beinahe.

Er öffnete seine Hose, hob seine Hüften und schob den Stoff nach unten. Zum Teufel mit ihm, weil er nur das tun musste, damit sein Schwanz herausfederte.

Ich krabbelte über alles, um zu ihm zu gelangen. Seine Hände legten sich um meine Taille, um mir zu helfen.

Dann war ich da. Auf seinem Schoß. Ich saß rittlings auf ihm, sodass mein Rücken seinem Bedienpult und dem vorderen Fenster zugewandt war. Das Einzige, das ich sehen konnte, war Kass.

Dann konnte ich ihn überhaupt nicht mehr sehen, weil sich sein Mund zu einem sengenden Kuss auf meinen gelegt hatte. Heiß, sinnlich. Wild.

Er riss seinen Mund von meinem und mit einer Hand auf der Mitte meiner Brust neigte er meinen Rücken auf sein Bedienpult, während er an einer Brustwarze saugte. Hart. Ich bog den Rücken durch, keuchte und vergrub meine Finger in seinen dunklen Haaren.

„Das Schiff fliegt mit Autopilot, oder?", fragte ich mit geschlossenen Augen, während die Lust von meinem Nippel direkt zu meiner Mitte schoss. Gott, ich würde allein davon kommen. „Wir werden nicht in einen Asteroiden oder so etwas fliegen?"

Er entfernte seinen Mund mit einem lauten Plopp von meinem Nippel und ich öffnete blinzelnd die Augen. Er beugte sich nach links und überprüfte die Kontrollelemente. „Nein. Und wenn du darüber nachdenkst, dann mache ich das hier nicht richtig."

„Das Ganze funktioniert so, dass du deinen Schwanz in meine Pussy steckst."

Ein Grinsen breitete sich auf seinem Gesicht aus, während sich seine Hand zu einem harten Schlag auf meinen Hintern senkte.

Hitze breitete sich zusammen mit dem Brennen in mir aus. Heilige Scheiße, er hatte mir auf den Hintern gehauen!

„Wer hat hier die Kontrolle?"

„Du."

„Willst du meinen Schwanz?"

Ich schaute zwischen uns nach unten zu der Stelle, wo sein langer und dicker Penis war, aus dem Lusttropfen quollen. Ich wollte diese Tropfen ablecken, aber ich war eine MCS, kein Schlangenmensch.

„Ja."

„Dann heb deine Hüften an und nimm ihn dir."

Ich tat wie geheißen, stemmte mich auf die Knie und packte seine Wurzel. Ich wartete nicht, sondern senkte mich nach unten und führte ihn an meinen Eingang, ehe ich ihn tief in mir aufnahm.

Als er vollständig in mir war, rammte er seine Hüften nach oben und ich ging mit ihm. Meine Hand schlug auf das Bedienpult, damit ich das Gleichgewicht halten konnte.

Ich lächelte, dann ließ ich meine Augen nach hinten rollen. „Ja. Härter."

Er packte meine Hüften, hob mich hoch und ließ mich fallen, während er seine Hüften nach oben neigte. Wir krachten aufeinander, Haut klatschte auf Haut, während ich aufschrie. Nur die Laute unseres Sex' füllten das kleine Cockpit des Schiffes… *Ja. Härter. Du magst es grob, nicht wahr? Dein Schwanz ist so groß. Ich brauche jeden Zentimeter. Nimm es dir. Ich komme!*

Es dauerte nicht lange, bis wir beide kamen. Er hatte recht. Sex nach einer Mission war intensiv und hektisch und so, so gut. Mein Verstand dachte sich bereits Ausreden für meine außer Kontrolle geratene Reaktion auf ihn aus. Ansonsten müsste ich sagen, dass dieses unersättliche Verlangen nach Kass zu viel war. Wer vögelte schon wie die Karnickel in einem Raumschiff?

Ich.

Ich war ein richtiges Weltraumflittchen. Und das brachte mich zum Lächeln.

Verschwitzt und befriedigt brach ich in Kass' Armen zusammen. „Nächstes Mal werden wir…"

„Es in Ihren Privatquartieren tun."

Ich erstarrte, als die fremde Stimme durch die Kommunikationskanäle drang.

Scheiße. Jemand hatte uns gehört. Ich schaute zu Kass, der ein wenig zerknirscht wirkte, aber nach wie vor lächelte.

„Sternenkämpfer, hier spricht *Battleship Resolution*, MCS Kommando. Jetzt, da Sie fertig sind, schalten Sie den Autopiloten aus und kehren zur Basis zurück."

Kass beugte sich nach vorne, wobei seine Wange meinen Busen streifte, um auf einen Knopf zu drücken. Einen Knopf, auf dem ich anscheinend gesessen und den ich mit meinem Hintern aktiviert hatte.

„Jawohl", sagte Kass, dessen Finger über dem Knopf schwebten. „Wir kehren zur Basis zurück."

Er drückte auf den Knopf und ich ließ meine Stirn

auf seine Brust sinken. Er war noch immer in mir und ich war splitterfasernackt.

„Wir sind geliefert", stellte ich fest.

„Du warst mir definitiv *aus*geliefert. Und du wirst es wieder sein, wenn wir erst zu unseren Quartieren zurückgekehrt sind."

„Wir stecken in so großen Schwierigkeiten."

„Vielleicht. Ich wage das zu bezweifeln", sagte er. Er blickte auf meinen abgelegten Fluganzug. „Wie lange brauchst du, um deine Kleider wieder anzuziehen?"

Ich rechnete im Kopf nach. „Vielleicht fünf Minuten, wenn du die Stiefel mitzählst."

Mit einem Grinsen beugte er sich nach vorne und legte beide Arme um mich. Dadurch musste ich mich an ihn klammern und schob meine Brust gegen die Seite seines Gesichtes, damit ich nicht wieder nach hinten fiel. „Was machst du?"

„Den Autopilot aktivieren."

„Warum? Sie haben gesagt, du sollst den Autopiloten ausschalten und zur Basis zurückkehren."

Er knabberte am äußeren Rand meines Busens und mein Körper reagierte, indem er Verlangen durch meine Adern pumpte, das meine feuchte Mitte dazu veranlasste, sich um seine harte Länge zusammenzuziehen. „Weil der Heimflug eine einstündige Strecke durch schwer bewachten velerischen Weltraum ist. Ich habe den Tarnmodus aktiviert, sodass uns ohnehin niemand sehen kann und –" Er beendete das, was auch immer er gerade hinter mir tat, und lehnte sich wieder auf seinem Sitz zurück. Eine Hand hob er, um meinen Kiefer zu umfangen, die andere legte er in die Kurve meines unteren Rückens.

„Und?"

Er beugte sich nach vorne und küsste mich, dieses Mal sanft und ohne Eile. Ich fühlte mich, als würde ich verehrt werden. Begehrt. Geliebt. „Und ich bin noch nicht mit dir fertig."

Indem ich meine inneren Muskeln anspannte, drückte ich seine Härte wieder und wieder, bis er stöhnte und seine Küsse wild wurden. Verzweifelt. Unkontrolliert. Ich versuchte, ihm mit meinen Händen und Mund mitzuteilen, was ich fühlte, aber irgendetwas geschah mit mir. Ich war gebrochen und jedes Schutzschild, das ich um mein Herz aufgebaut hatte, krachte zu Boden wie Felsen bei einem Bergsturz. Ich zitterte. Tränen rannen aus meinen Augenwinkeln und ich hatte keine Ahnung, woher sie kamen. Es war, als würde mein Körper für mich weinen.

Kass verlagerte seine Hüften und ich stöhnte ermutigend, aber stoppte den Kuss nicht. Wohingegen wir beim ersten Mal beide außer Kontrolle gewesen waren, war das hier langsam. Bedächtig. Voller Emotionen und Sehnsucht und Zufriedenheit.

Das hier war *nicht* ich. Ich glaubte nicht an Märchen, die wahre Liebe, an das Finden *des Richtigen* und Seelenverwandte. Ich hatte zugesehen, wie meine Eltern einander hassen gelernt und mich in ihrem Haus gefangen gehalten hatten, weil sie zusammengeblieben waren – wegen mir. Meine Kollegen kamen einer nach dem anderen nach einer Auslandsreise oder einer langen Mission nach Hause, um eine nüchtern formulierte Nachricht oder einen leeren Schrank und Scheidungspapiere auf dem Tisch vorzufinden. Liebe war eine Lüge, die von den Chemikalien in unserem Gehirn erschaffen wurde, um Menschen zur Fortpflanzung zu bewegen.

Aber verflixt und zugenäht, die Lüge fühlte sich so gut an. Ich *wollte* glauben, dass das hier real war, dass mich Kass vergötterte, mich brauchte, mich liebte.

Er legte seine Hand in meinen Nacken und hielt mich fest. Ich blinzelte in diese dunklen Augen hoch, vollkommen in seinen Bann gezogen. Er könnte mich jetzt um alles bitten und ich würde es ihm geben.

„Ich kann spüren, wie du denkst, meine Mia."

Ich leugnete nichts, aber legte ihm auch nicht meine Seele vor die Füße. Schweigen war häufig die beste Antwort. Während eines langen Kusses bewegte er seine andere Hand zwischen uns und sein Daumen bewegte sich immer näher zu meiner Klit.

„Kein Denken mehr." Er drückte einen sanften Kuss auf jedes Augenlid, bevor er mich nach vorne zog, sodass seine Lippen über meinem Ohr schwebten. „Ich werde dich jetzt zum Kommen bringen, Liebes. Wieder und wieder, bis du mich anflehst, aufzuhören."

Ich schnaubte. Ich konnte einfach nicht anders. „Das wird nie passieren."

Er zupfte mit den Lippen an meinem Ohrläppchen. „Ich liebe Herausforderungen."

Ich wand mich bei seinem Tonfall und errötete, weil ich noch nie zuvor so wild auf jemanden gewesen war. Ich war noch nie so unersättlich gewesen. Sex war Sex. Ein Orgasmus entspannte mich, aber mit Kass war es so viel mehr. Und ich konnte nicht genug kriegen.

Als wir ungefähr eine Stunde später landeten und die Rampe hinabliefen, hatte ich wacklige Knie und noch immer nicht die Kontrolle über meine Atmung zurückerlangt. Ich musste vollkommen derangiert aussehen. Gerötet. Geschwollene Lippen. Glasige Augen. Doch mir wurde mit großer Zufriedenheit bewusst, dass Kass sich nicht einmal die Mühe gemacht hatte, mit den Fingern durch seine Haare zu fahren. Ich sah gut gevögelt aus und er, als wäre er gerade erst aus dem Bett gerollt.

Er zeigte keine Reue. Es gab keine Entschuldigungen oder Ausreden oder Scham.

Vintis und Arria liefen mit einem breiten Lächeln im Gesicht zu uns. „Wie hat sich das Schiff geschlagen?"

„Einige Sekunden gab es eine kurze Störung. Das ganze System. Die Bildschirme wurden schwarz, dann schien alles wieder normal zu sein", sagte ich.

Arria runzelte die Stirn. „Ich werde mich darum kümmern. Ich werde persönlich jede Leitung und Verbindung überprüfen."

„Dankeschön."

Vintis beobachtete Kass. „Hattest du irgendwelche Probleme?"

Kass sah mit einem nachdenklichen Gesichtsausdruck auf mich hinab, dann wieder zu dem Schiff. „Nein. Aber ich habe einige Veränderungen der Inneneinrichtung im Sinn, die ich gerne mit dir besprechen würde."

Arria kicherte und ich realisierte, dass Kass beabsichtigte, sicherzustellen, dass es das nächste Mal, wenn wir auf dem Schiff Sex hatten, bequemer war.

Mit einem Grinsen purer Freude deutete Arria auf die äußere Landebucht, wo die restlichen Schiffe der *Resolution* vertäut waren. „Ihr geht besser. Die Generalin tigert schon fast eine Stunde hin und her."

Spitze.

Kass drückte meine Hand und wir liefen Schulter an Schulter in die Hauptlandebucht. Alle dort, von den Mechanikern zu den Putzteams, drehten sich zu uns um und klatschten. Einige pfiffen und alle grinsten.

Und das lag nicht daran, dass wir uns in das System der Dunklen Flotte gehackt und die Informationen besorgt hatten.

Nein, es lag daran, dass ich mit meinem nackten Hintern auf einem Kommunikationsknopf gesessen und einen live Porno für alle übertragen hatte. Ich verlangsamte meine Schritte, da mir bewusst wurde, dass es gut möglich war, dass unser Treiben von allen auf Velerion und seinen Basen im ganzen Universum gehört worden war.

Das wäre schlimm. Wie viele Basen oder was auch immer hatte Velerion genau?

„Wie weit reichen die Kommunikationsfrequenzen unseres Schiffes?", fragte ich Kass.

„Wir haben eine geschlossene Kommunikationsfrequenz mit der *Resolution*."

Ich seufzte erleichtert, während mich Kass nah an sich zog. „Niemand wird jetzt an unserer Bindung zweifeln, meine Mia. Entspann dich. Es ist alles gut."

Ich verdrehte die Augen. „Nach den Reaktionen zu urteilen, würde ich sagen, dass das jetzt auch alle anderen wissen."

Er lachte und schlang einen Arm um mich, dann küsste er mich auf den Scheitel. Er führte mich durch die Menschenmenge und nahm gutmütig einige Sticheleien und Innuendos entgegen. Ich lächelte und obwohl mir das Ganze peinlich war, war ich auch stolz.

Alle wussten jetzt, dass wir ein Bindungspaar waren. *Alle* wussten, dass es ein gutes Match war. Kass war glücklich und ich schämte mich nicht für uns.

Ich war verdammt stolz.

KAPITEL 8

Mia, zwei Tage später, Battleship Resolution

„SETZEN Sie sich und kommen Sie alle zur Ruhe", rief Generalin Jennix.

Die Sternenkämpfer und anderen Crewmitglieder, die auf der *Resolution* dienten und an dieser Mission mitwirken würden, setzten sich auf Stühle, die in Reihen in einem Besprechungsraum aufgestellt waren. Ich schätzte, dass ungefähr zwanzig anwesend waren und mindestens doppelt so viele Leute nahmen mithilfe von Kommunikationsgeräten, die entlang der Wände befestigt waren, an dem Treffen teil.

„Eine kurze Vorstellungsrunde. Von Arturri haben wir General Aryk und die Sternenkämpfer-Piloten. Sie werden als Gruppe Eins bezeichnet. Von der Eos Station haben wir Kapitän Sponder, der die Shuttle-Piloten anführt." Die Generalin machte eine Pause. „Wo ist Kapitän Sponder?"

Ich sah den Scheißkerl auch nicht auf den Bildschirmen. Es waren zwei Tage vergangen, seit ich Kass' ehemaligen befehlshabenden Offizier kennengelernt hatte. Sponder hatte sich wie ein Arschloch benommen und es war eindeutig gewesen, dass er Kass hasste.

Diese Tatsache störte mich nicht. Sponder war einer dieser Männer, die immer das Bedürfnis verspürten, ihren Schwanz hervorzuholen und das Maßband zu zücken. Ich war auf der Erde einer Menge Trottel wie ihm begegnet. Heiße Sahneschnittchen. Widerlinge. Engagierte Soldaten. Stockkonservative Kommandanten. Rebellen. Es schien, als seien Leute eben Leute, ganz gleich, auf welchem Planeten sie lebten.

Kass seinerseits hatte Sponder seit jener ersten Begegnung nicht mehr erwähnt. Nach unserer Mission waren wir zu unseren Quartieren zurückgegangen und hatten uns ausgeruht, wie es das Protokoll verlangte. Doch Kass hatte sein Versprechen, erneut mit mir zu schlafen, wenn wir erst einmal im Bett waren, gehalten. Er hatte mich gebadet und mir Essen in unsere Quartiere gebracht, dann hatte er mich mit Sex in die Bewusstlosigkeit befördert. Ich war mir nicht sicher, ob Jennix wollte, dass wir uns so ausruhten, aber es war eine großartige Art und Weise, einzuschlafen. Ich war jetzt erfrischt, entspannt und bereit für eine weitere Mission.

„Wir wissen es nicht, Sir", antwortete einer der Shuttle-Piloten, die Kapitän Sponders Kommando unterstanden, der Generalin und ich übernahm wieder die Kontrolle über meine wandernden Gedanken. Das hier war eine große Mission. Wichtig. Wenn irgendetwas schiefging, würde es nicht daran liegen, dass mir etwas entgangen war oder ich einen Fehler gemacht hatte. Nicht noch einmal. Nie wieder.

Jennix seufzte. „Na schön. Die Shuttle-Piloten sind Gruppe Zwei. Sie werden von den Startbuchten auf der *Resolution* aus Vorräte verteilen und Evakuierungen vornehmen. General Romulus und die Sternenkämpfer-Titanen sind Gruppe Drei. Sie werden ihren Angriff auf die IPBR Produktionsstätte konzentrieren, wenn das MCS-Team ihren Schutzschild und ihre mondbasierten Verteidigungssysteme außer Kraft gesetzt hat. Kapitänin Dacron und ihre medizinischen Teams sind Gruppe Vier. Sie werden einen Triage-Bereich im Frachtbereich der *Resolution* aufbauen, bis wir die Bodenkontrolle über den Planeten gewinnen. Wenn das erledigt ist, werden sie in Alpha City unter der größten Kuppel eine Krankenstation errichten. Ich bin Generalin Jennix und habe das Kommando über unser neues Sternenkämpfer-MCS-Team. Mehrere Kampfgeschwader von anderen Schlachtschiffen sowie Unterstützung aus der Luft werden für den Angriff meinem Befehl unterstehen. Wir sind Gruppe Fünf."

Jede Gruppe schien sich in Räumlichkeiten zu befinden, die unseren ähnelten, und irgendwo auf Velerion stationiert zu sein. Ich erkannte keines der Gesichter mit Ausnahme von Jamie und Alex, die auf einem der Bildschirme hinter ihrem General Aryk saßen. Ich wollte winken und Hallo sagen, aber ich wusste, das wäre schlecht. Sex auf der *Phantom* am Ende einer Mission war eine Sache. Generalin Jennix bei einer Einsatzbesprechung zu unterbrechen, weil ich meiner besten Freundin Hallo sagen wollte, war etwas ganz anderes.

„Wie üblich werden alle Anführer allein anhand ihrer Gruppe identifiziert, um das Ganze zu vereinfachen, was bedeutet, dass ich bei dieser Mission Anführerin der Gruppe Fünf bin."

Köpfe nickten. Dafür war ich dankbar, denn ich war schrecklich darin, mir Namen zu merken. Wenn ich sie mir hätte merken müssen, um mit den Leuten kommunizieren zu können, hätte ich in großen Schwierigkeiten gesteckt.

„Wir wissen Folgendes", fuhr Jennix fort. Sie gab Graves ein Zeichen und ein großes, dreidimensionales Hologramm erschien mitten im Raum. Das Bild zeigte einen kargen Planeten, auf dem nichts außer schwarzen Felsen und einigen kleinen Kuppeln, die auf der Oberfläche erbaut worden waren, zu sehen war. Der Planet hatte an jedem Pol bläuliche Eiskappen und einen großen Mond. Ich sah zu den Bildschirmen auf und stellte fest, dass vor jeder Gruppe identische Formationen erschienen waren.

Ich beugte mich zu Kass und flüsterte ihm ins Ohr.

„Was ist das auf dem Planeten? Eis?"

„Ja. Das Vegasystem verfügt über eine große Wassermenge."

„Warum ist es blau und nicht weiß?"

„Methan."

Und schon wollte ich keine weiteren Fragen mehr stellen. Chemie war nicht mein Spezialgebiet. Dennoch war der Planet merkwürdig hübsch mit seinen dunklen Felsen und hellblauen Eiskappen.

„Warum führt Jennix die Mission an?"

„Weil die MCS-Gruppe die Informationen hat und die Parameter sowie Anforderungen für die Missionen festlegt. Die benötigten Ressourcen identifiziert. Das Schlachtschiff wird auch als Operationszentrum fungieren, da es nah genug an den Standorten liegt, um Unterstützung schicken zu können, aber gerade außer Reichweite für den Fall, dass die Raketen explodieren. Also hat Jennix das Sagen", erwiderte er flüsternd.

Das ergab Sinn.

Generalin Jennix räusperte sich und sah mich direkt an.

„Tut mir leid, Generalin."

Sie sprach weiter: „Die Informationen, die von dem Sternenkämpfer-MCS-Paar beschafft wurden, weisen darauf hin, dass der Standort der IPBR-Produktionsstätten Velerions Kolonie Xenon ist. Wie die meisten von Ihnen wissen, wurde Xenon vor acht Monaten von Truppen der Dunklen Flotte überrannt. Da unsere Sternenkämpfer-Teams so katastrophale Verluste erlitten, waren wir bisher nicht in der Lage, einen Angriff zu starten und die Kontrolle zurückzugewinnen."

Ich nahm an, dass die Geschichtsstunde für Jamie und mich war, die einzigen zwei Fremden im Raum. Doch wir waren zufälligerweise auch Sternenkämpfer, die essenziell wichtig für diese Mission waren.

Geflüster schwoll in allen Gruppen an und Jennix ließ allen einen Moment, um diese Information zu verdauen. Ich war noch nicht lange im Weltraum, aber das Problem mit den IPBR bestand schon, seit Jamie gefangen genommen worden war. Niemand hatte den genauen Standort von Königin Rayas Lager oder Produktionsstätte herausfinden können. Bis jetzt.

„Unsere Kolonisten befanden sich die letzten acht Monate ebenfalls unter der Kontrolle der Dunklen

Flotte. Xenons Mondbasis wurde zu einem planetenweiten Verteidigungssystem umgebaut. Als wir wussten, wo wir suchen mussten, schickten wir mehrere Drohnen zu dem Planeten, um herauszufinden, womit wir es zu tun haben."

Jennix winkte mit der Hand durch die Luft und der holographische Planet wurde größer, doch der einzelne Mond wuchs exponentiell, bis wir auf eine lange, bogenförmige Basis blickten, die auf dessen Oberfläche ruhte. Sie sah wie ein riesiger, schwarzer Tausendfüßler mit einem hohen, gewölbten Rücken aus.

„Die Mondbasis beherbergt zwei einzigartige Waffen. Die erste ist ein Energieschildgenerator. Das Kraftfeld, das von dieser Technologie erschaffen wird, ermöglicht Bewegungen zu und von der Oberfläche Xenons. Die zweite ist eine planetenweite, niederfrequente Broadcast-Technologie. Wir glauben, dass sie diese benutzen, um die Kolonisten auf Xenon gefügig zu machen oder auf irgendeine Weise zu schwächen. Eine Art subtile Manipulation oder Gedankenkontrolle."

Das sorgte für Unruhe und sogar Kass versteifte sich neben mir.

„Die Mondbasis ist den Berichten zufolge unbemannt und wird von einem automatisierten Verteidigungssystem geleitet, das aus der Ferne überwacht wird. Wir glauben, dass unser Sternenkämpfer-MCS-Team in seinem Schiff nah genug an die Mondbasis herankommen kann, um beide Systeme auszuschalten. Die Frequenzen für das Energieschild und die Gedankenkontrolle werden gleichzeitig ausgestrahlt. Wenn wir eines eliminieren können, sollten wir beide eliminieren können."

Was zur Hölle? Gedankenkontrolle-Frequenz? Von

einer kleinen Basis auf einem Mond auf einen ganzen Planeten ausgestrahlt?

Ich stupste Kass erneut an. „Hat die Erde irgendetwas von diesem Zeug? Diese Technologie?"

Er rieb mit seiner Hand über meinen Oberschenkel. „Ich weiß es nicht. Es ist möglich. Velerion hätte diese Technologie nicht mit ihnen geteilt. Das wurde jahrhundertelang von der Galaktischen Allianz verboten. Aber Königin Raya folgt nicht unbedingt den Regeln. Und unser Geheimdienst berichtet, dass sie an der Erde als zukünftige Eroberung interessiert ist."

Was für ein Miststück. Würde sie auf dem Mond der Erde ebenfalls einen Gedankenkontrollstrahl aufstellen? Um was zu tun? „Was macht diese Technologie?"

Generalin Jennix hörte mich und beantwortete meine Frage. „Sie generiert Furchtfrequenzen und überzieht den Planeten damit. Sie können nicht gehört werden, aber die Energie wirkt sich auf das Unterbewusstsein aus. Sie macht die Leute traurig, müde, deprimiert, wütend und hoffnungslos. Hauptsächlich hoffnungslos."

„Also werden sie sich nicht wehren."

„Also werden sie sich nicht wehren", bestätigte sie.

Scheiße.

Sie fuhr fort, sich an alle zu wenden. „Wie Sie wissen, ist Xenons Oberfläche nicht bewohnbar. Nur die fünf Kuppelstädte in der südlichen Region können Leben erhalten und sie decken nur einen kleinen Bereich ab. Die Bevölkerung des Planeten ist minimal. Weniger als fünfzigtausend. Man war der Meinung, Königin Raya würde den Planeten als Einsatzbasis benutzen, aber das hat sie nicht getan. Wir glauben jetzt, dass Xenon allein erobert wurde, um als Produktionsstätte von IPBRs zu dienen."

„Sie wollten Xenons Erz und Fabriken", meinte der Anführer der Gruppe Vier.

„Korrekt." Jennix nickte. „Und die hochqualifizierten Arbeitskräfte."

„Sklaven", sagte jemand.

„Kriegsgefangene", korrigierte Jennix. „Die bald befreit werden."

Fünfzigtausend Leute waren auf diesem Planeten? So viele Gefangene wurden gezwungen, für Königin Raya zu arbeiten? Und jedes Einzelne dieser Leben hing davon ab, dass ich sie befreite?

Die Luft im Raum wurde zu heiß. Stickig.

Kass drückte mein Bein und ich beruhigte mich so weit, dass ich wieder zuhören konnte.

„Seit Xenon versklavt wurde, hatte Königin Raya tausende Arbeitskräfte zu ihrer Verfügung, um die Fabrik rasch umzubauen und die IPBRs zu produzieren. Sie haben ihre Arbeitskraft auf die Raketenproduktion fokussiert."

„Wie kontrolliert die Dunkle Flotte die Leute, wenn sie keine Basis haben?", fragte der Anführer der Gruppe Vier.

„Die Station der Mondbasis ist ihr Hauptmittel zur Durchsetzung ihrer Kontrolle. Datenraster wurden installiert, um ein Kraftfeld um den Planeten zu legen. Nichts kann das durchdringen. Keine Kommunikationsgeräte. Keine Shuttles. Sie befinden sich unter einem Netz Dunkler Flotten Energie. Doch aufgrund der Drohnen-Daten, die wir analysieren konnten, glauben wir, dass sie mindestens zwei Geschwader Scythefighters sowie beachtliche Bodentruppen auf der Oberfläche haben. Das Kraftfeld auszuschalten, wird der Anfang des Kampfes sein, nicht das Ende."

„Wie wird das funktionieren?", wollte einer der Shuttle-Piloten wissen.

„Das MCS-Paar wird über der Mondbasis schweben und das Kraftfeld sowie die Frequenzgeneratoren ausschalten. Das wird den Sternenkämpferpiloten, den Titanen und unseren übrigen Bodentruppen erlauben, auf Xenons Luftraum zuzugreifen. Die Shuttle-Piloten werden mit den Bodentruppen folgen. Wenn sie erst einmal auf dem Planeten gelandet sind und abgesetzt wurden, werden wir die Angriffe aus der Luft und auf dem Boden koordinieren."

„Wenn wir die IPBRs in der Fabrik in die Luft jagen, werden wir den ganzen Planeten sprengen", gab der Anführer der Gruppe Eins zu bedenken.

„Wir beabsichtigen, die IPBRs abzufeuern und in unseren Stern Vega zu schicken", sagte Kass, dessen Stimme laut durch den Raum schallte. „Vega kann die Energie dieser Geschosse absorbieren, weshalb deren Einschlag keine Wirkung auf ihn haben wird."

Jennix schaute zu Kass. „Das ist korrekt. Die restliche Einsatzbesprechung wird von Kass und Mia geführt werden, unserem neuen und einzigen Sternenkämpfer-MCS-Paar."

Kass erhob sich und ich blinzelte ihn an. Wir führten eine ganze Mission? Ja. Ich wusste, dass wir das tun würden. Das hatten wir auch im Spiel getan. Aber im echten Leben standen Leben auf dem Spiel. Hier ging es nicht um Sex und Spaß. Hier ging es um Leben oder Tod.

Ich sprang auf die Füße, weil ich Kass oder die Generalin nicht beschämen wollte.

Kass nahm meine Hand und führte mich zur Vorderseite des Zimmers, sodass wir neben Jennix standen.

„Gruppe Zwei wird Shuttle-Missionen durchführen, um Titanen an verschiedenen Standorten um die Biosphärenstädte auf Xenon abzusetzen, damit diese die Bürger und unsere Shuttle-Teams vor Angriffen vom Boden schützen können. Sowie das Kraftfeld ausgeschaltet wurde, werden die Scythefighter-Geschwader ausrücken. Unsere Sternenkämpferpiloten müssen bereit sein, sie von der Raketenfabrik wegzulocken.

Shuttle-Piloten werden eine Crew aus Wissenschaftlern und Waffenspezialisten herbeifliegen, die die Produktionsstätte betreten und die aktivierten IPBRs in Richtung Vega abfeuern werden."

„Ist es nicht leichter, auf einen Asteroidengürtel zu zielen?", fragte ein Shuttle-Pilot.

„Gute Frage. Das wäre es, aber Trümmer von den Raketeneinschlägen würden sich im ganzen System ausbreiten. Wir würden diesen jahrelang ausweichen müssen und wir brauchen es nicht, dass ein beliebiger Asteroid oder ein großer Meteorschauer Velerion trifft."

Der Pilot grinste leicht verlegen. „Das wäre schlecht."

Kass nickte. „Genau. Mia und ich werden das Schild der Mondbasisstation ausschalten, was Xenon von der Kontrolle der Dunklen Flotte befreien wird. Den Gruppenführer wurden Anweisungen und weitere Einzelheiten geschickt, damit sie ihre Crews bereitmachen können. Wenn das Kraftfeld fällt, werden alle anderen Crews ebenfalls ihren Teil zu dem Angriff beitragen."

Jennix nickte. „Gruppe Zwei Shuttles, Sie werden

Ihre Teams absetzen und im Luftraum von Xenon auf Standby bleiben, damit Sie Leute abholen oder, wenn nötig, helfen können. Der Rest der Einzelheiten befindet sich in Ihren Missionsanweisungen."

Kass schaute von den Kommunikationsbildschirmen zu der anwesenden Gruppe. „Wir können uns jetzt in kleinere Gruppen aufteilen, um spezifische Team-Aufgaben zu identifizieren."

Kass sah zu mir.

Ich stellte Augenkontakt mit jedem Teammitglied im Raum und jedem auf den Bildschirmen her. In dieser Hinsicht war ich abergläubisch, aber ich wusste gerne, mit wem ich ins Feld – oder in den Weltraum – ging. „Bleibt wachsam und sicher."

Generalin Jennix stemmte die Hände in die Hüften. „Gruppenanführer, haben Sie noch etwas hinzuzufügen?"

„Ich habe etwas hinzuzufügen."

Dieses Mal war es tatsächlich Sponder, der sprach, aber er war nicht bei seinem Team und wurde auf einem Bildschirm gezeigt, stattdessen war er hier. Höchstpersönlich. Alle drehten sich zu ihm um.

„Kapitän, warum sind Sie nicht auf der Eos Station?", fragte Jennix. „Wir haben eine Mission zu erledigen."

„Weil meine Mission darin besteht, *ihn* ins Gefängnis zu bringen." Er deutete auf Kass.

Kass seufzte.

Arsch. Sponder war immer im Weg und ich hatte den Kerl kaum kennengelernt.

„Und ich habe Ihnen gesagt, dass er nicht mehr

Ihrem Befehl untersteht", entgegnete Jennix. „Er ist jetzt ein Sternenkämpfer-MCS."

„Er hat ohne Erlaubnis auf velerische Stammdaten zugegriffen. Er hatte keine Freigabe. Wir kennen das Ausmaß seines Verstoßes nicht."

„Und auch wenn ich mich wiederhole, das zeigt nur, dass er über die nötigen Fähigkeiten für einen MCS verfügt. Er ist ein Gewinn für den Kampf gegen die Dunkle Flotte."

„Da bin ich anderer Meinung", widersprach Sponder. „Er ist eine Gefahr. Eine Bedrohung für alle auf Velerion, vor allem da er sich in das System gehackt hat, um seine Punktzahl in der Sternenkämpfer Trainingsakademie zu ändern."

Was? Ich wandte mich von Sponder ab, um Kass zu mustern. Er machte ein so finsteres Gesicht, als wäre er bereit, einen kaltblütigen Mord zu begehen. Ich konnte ihm daraus keinen Vorwurf machen. Aber ich wollte auch wissen, ob Sponders Anschuldigung wahr war.

„Wollen Sie etwa behaupten, er hat betrogen?", fragte Jennix.

Kass hatte zugegeben, sich in das Trainingsprogramm eingehackt zu haben, damit er hinzugefügt wurde und die Möglichkeit auf ein Match erhielt. Er hatte jedoch nicht gestanden, betrogen zu haben, um die Trainingslevel zu beenden und den Abschluss zu machen. Um eine Paarbindung mit mir einzugehen. Um mit mir zu kämpfen. War alles nur eine Lüge gewesen? War ich von jemandem reingelegt worden, dem ich vertraute? *Schon wieder?* Würde mein schlechtes Urteilsvermögen auf dieser Mission noch mehr Leute umbringen?

Vielleicht hätte ich zu Hause in Berlin hinter meinem

Schreibtisch bleiben sollen, wo niemand verletzt werden würde, wenn ich der falschen Person vertraute.

Kass' Rücken versteifte sich. „Ich habe nichts dergleichen getan."

„Und das sollen wir Ihnen glauben?", fragte Sponder mit hochgezogener Braue.

Jennix' Schultern sanken herab. „Ich denke, Ihre Anschuldigungen sind weit hergeholt, Kapitän."

„Ich denke nicht." Der Mann neben Sponder, den ich bisher mehr oder weniger ignoriert hatte, sprach: „Ich bin Kommissar Gaius."

Ich hatte noch nie zuvor den Titel *Kommissar* in diesem Zusammenhang gehört. Er war nicht im Spiel vorgekommen. Aufgrund seines Alters und seines formellen Kleidungsstils – er sah wie eine Animefigur aus mit stacheligen Haaren, schicken Stiefeln und einer langen, stilisierten Jacke, die mit kunstvoll verzierten Knöpfen dekoriert war – wirkte er wie irgendein Bürokrat oder Politiker. Und da er sich mit Jennix stritt, war er höchstwahrscheinlich ihr Vorgesetzter. Das bedeutete, dass Sponder so entschlossen war, Kass zu Fall zu bringen, dass er seine Autorität spielen hatte lassen und die Generalin übergangen hatte.

Ich blickte zu Kass. Er verfolgte den Austausch wie alle anderen im Raum und auf den Bildschirmen, aber sein Blick war auf Sponder gerichtet und Kass versuchte nicht einmal, seinen Hass zu verbergen.

Das hier war anders. Kass' Kiefer mahlten und er sah nicht nur stinksauer, sondern auch schockiert aus. Wütend.

„Der Kapitän hat mir von seinen Bedenken erzählt und ich habe die Stammdatenaufzeichnungen inspiziert und den Zugriff des MCS' überprüft."

„Wie hat der Kapitän auf die Stammdatenaufzeichnungen zugegriffen? Ein Kapitän hat die dazu erforderliche Freigabe nicht", entgegnete Jennix.

„Ich schon", sagte Kommissar Gaius mit schmalen Augen. Ihm gefiel es eindeutig nicht, wenn man an ihm zweifelte. „Ich habe mir das Ganze persönlich angesehen." Er wandte sich an Kass. „Sternenkämpfer-MCS Kassius Remeas hat nicht nur auf das Trainingsprogramm zugegriffen, um sich selbst hinzuzufügen, sondern er hat auch die Missionsdaten des Trainings gefälscht. Die Genauigkeit und Gültigkeit der Trainingsergebnisse werden nun infrage gestellt. Ich persönlich glaube nicht, dass Kassius Remeas das Trainingsprogramm beendet hat, und habe die Militärkommission gebeten, eine vollständige Investigation seines Wehrpasses vorzunehmen."

Kass hielt eine Hand hoch und schaute von Gaius zu Jennix. „Ich habe offen zugegeben, mich in das Programm gehackt zu haben, aber den Rest leugne ich. Wir haben das Training beendet."

Gaius schien nicht zu interessieren, was Kass zu sagen hatte. „Kassius Remeas, Sie sind hiermit verhaftet wegen der Verletzung der Geheimhaltungsregeln, des Zugriffs auf Stammdaten, die Ihre Freigabe überstiegen, der Missachtung direkter Befehle Ihres befehlshabenden Offiziers und mehr."

Jennix trat nach vorne und blockierte den Wachen, die auf einen Wink von Gaius den Raum betraten, den Weg. Über die Schulter des Kommissars sah ich Sponders Feixen.

„Nicht bis die Mission beendet ist", sagte Jennix.

„Kommissar, Sie müssen sich der Bedrohung bewusst sein, die IPBRs für Velerion darstellen. MCS Remeas und Becker haben den Standort der Fabrik entdeckt und herausgefunden, wie ihn die Dunkle Flotte kontrolliert. Ihm die Teilnahme an dieser Mission zu verweigern, wird uns schaden."

„Er war von Nutzen", sagte Gaius. „Aber ihm zu erlauben, das Protokoll auf solch ungeheuerliche Weise zu brechen, und dann all diese Teams zu führen? Nein. Dieses Risiko werde ich nicht eingehen. Können Sie persönlich garantieren, dass Sie die Fähigkeiten haben, die notwendig sind, um eine solch wichtige Mission zu leiten? Betrug bedeutet, dass die beiden nicht die erforderliche Arbeit durchgeführt haben. Sie haben das Training nicht abgeschlossen. Deshalb wären die Leben aller Teammitglieder in Gefahr." Er wedelte mit seiner Hand zu den Bildschirmen hinter ihr. Jennix drehte sich nicht um.

„Verhaften Sie ihn nach der Mission. Lassen Sie Wachen in der Landebucht auf seine Rückkehr warten."

Sie hatte mehr Vertrauen in Kass als jeder andere.

Mehr als ich, anscheinend.

Kass stritt Sponders Behauptungen zwar ab, aber er hatte sich in das Trainingssystem gehackt. Es würde Sinn machen, dass er in der Lage war, das Spiel selbst zu manipulieren. Hatte er das Bedürfnis verspürt, zu betrügen, weil ich nicht gut genug war? Hatte ich die Level des Spiels nicht beendet, weil ich meine Fähigkeiten verbessert hatte, sondern weil sich Kass in das Spiel gehackt hatte, um unseren Erfolg zu garantieren?

Ich schaute zu Kass. Er starrte Sponder nach wie vor finster an.

Gaius trat zu mir und betrachtete mich von Kopf bis Fuß. Als würde er nach einer Schwäche suchen – oder erwarten, eine zu finden. „MCS Becker, leider wird jetzt an Ihrem Status als Sternenkämpferin gezweifelt. Verdienen Sie es, hier zu sein? Sind Sie gut in ihrem Job?"

Ich reckte das Kinn und sah ihm in die Augen. Weigerte mich, den Blick abzuwenden. Ich hatte mich zuvor schon so gefühlt, als an meinen Fähigkeiten gezweifelt worden war. Als ich einem Informanten vertraut, seinen Lügen geglaubt und ein Team in einen Hinterhalt geführt hatte. Wir hatten an jenem Tag zwei Leben verloren. Ich hatte mir selbst die Schuld gegeben und ich war nicht die Einzige gewesen. Alle anderen hatten mir auch die Schuld gegeben. Ich war degradiert und einem Schreibtischjob zugeteilt worden. Ich war beinahe gefeuert worden.

Meine Fähigkeiten im Umgang mit Computern hatten meine Karriere gerettet, aber nicht meine Schuldgefühle zerstreut. Doch dieses Mal hatte ich keine Antwort. Ich hatte keine Ahnung, ob Kass und ich tatsächlich die Missionen beendet und unsere eigenen Siege gewonnen hatten, oder ob er betrogen und mich einfach mitgeschleift hatte.

War ich gut genug? Oder war das hier eine weitere Lüge, die ich geschluckt hatte und die von einem weiteren Lügner erzählt worden war, dem ich mein Leben sowie das anderer anvertraut hatte?

Ich hasste mich selbst ein wenig, weil ich an Kass zweifelte, aber ich war zuvor schon in dieser Situation gewesen.

Gaius, der mich von oben herab ansah, war das

Tüpfelchen auf dem i und ich hatte ihm nichts zu sagen. Kein. Einziges. Wort.

„Führen Sie ihn ab. Er ist eine Schande für die Sternenkämpferuniform", sagte Gaius mit einem weiteren Schlenker seines Handgelenks.

Ein Paar Wachen umringte Kass.

Ich wusste nicht, was ich tun sollte. Was ich glauben sollte.

Hatte er es wirklich getan? Hatte er betrogen, um ein MCS zu werden? Er hatte nichts mit mir zu tun, sein Ehrgeiz. Ich nahm es ihm nicht übel, dass er von Sponder wegwollte, aber hatte er wirklich so extreme Maßnahmen ergriffen?

Ich war verletzt. Nicht körperlich, aber war ich hier, weil Kass betrogen hatte und nicht wegen meiner Fähigkeiten? War das hier eine Wiederholung von Berlin? War ich nur ein Kollateralschaden eines Alienmachtrausches?

Kass wurde in Nullkommanichts in Handschellen gelegt, aber er machte es ihnen nicht leicht. Sponder trat dicht an Kass heran. Obwohl der Kapitän kleiner war, musste er das Gefühl haben, als hätte er die Oberhand. Vor allem da Kass' Hände hinter seinem Rücken fixiert waren.

„Jetzt sind Sie kein MCS mehr", sagte Sponder. „Sie werden als Velerier ohne Ehre untergehen."

Kass starrte ihn finster an, dann ruckte er mit dem Kopf nach vorne und rammte dem Scheißkerl die Stirn auf die Nase. Heilige Scheiße. Blut spritzte in alle Richtungen und ich trat zurück. Sponder heulte vor Schmerz auf und umklammerte seine – höchstwahrscheinlich gebrochene – Nase.

Die Wachen rissen an Kass und fingen an, ihn aus dem Raum zu schubsen.

Scheiße.

Gaius und Sponder folgten und hinterließen eine ohrenbetäubende Stille. Dann begannen alle gleichzeitig zu reden.

„Ruhe!" Jennix hob ihre Arme und Stille zog rasch wieder ein.

Jennix fluchte leise und starrte kurz auf den Boden. Niemand regte sich. Niemand blinzelte, während wir warteten. Ich schwieg, denn ich war schockiert. Ich war nicht in Deutschland, wo ich zurück zu meinem Apartment gehen, Jogginghosen anziehen und Eiscreme essen konnte, bis ich mich besser fühlte, nachdem ich mich mit einem Kollegen auseinandergesetzt hatte. Ich war im Weltraum. Ich war noch nicht einmal eine Woche hier und… Scheiße. Der einzige Kerl, den ich gewollt, auf den ich mich verlassen, nach dem ich mich verzehrt, dem ich vertraut – zur Hölle, den ich sogar geliebt – hatte, war etwas, mit dem ich nicht gerechnet hatte.

Hacken und Grenzen auszureizen war eine Sache. Das konnte ich respektieren. Aber Trainingsprogramme zu manipulieren, wenn das Leben anderer Leute auf dem Spiel stand? Wenn die Konsequenzen nicht nur ihn betrafen? Zur Hölle, dank der Konsequenzen seines Betrugs hatte er mich *erhalten*. Fürs Leben.

Paargebunden. Dauerhaft zusammen.

Aber was passierte, wenn die Bindung durch eine Lüge geschaffen wurde? Wenn wir sie uns nicht richtig verdient hatten? Wenn wir die Missionen gar nicht beendet hatten? Das Training? War ich noch immer eine Sternenkämpferin, wenn Kass keiner war?

Was passierte jetzt? Ging ich zurück zur Erde? Ich hielt die Luft an und wartete darauf, dass Jennix etwas sagte.

„Auch wenn das… unerfreulich war", sagte sie, womit sie mich aus meinen Gedanken riss, „wird die Mission in acht Stunden wie geplant durchgeführt werden. Von Ihnen allen wird verlangt, dass Sie sich ausruhen, dann mit Ihren Teamführern kurzschließen. Hilfteams werden unterdessen die nötigen Vorbereitungen treffen."

„Warten Sie. Fragen Sie sich nicht, ob ich gut genug bin?", fragte ich sie, aber sprach an alle gewandt.

„Wir habe keine Zeit, Sie zu testen. Sie sind das Beste, das wir haben."

„Sie schicken mich nicht zurück zur Erde?"

Jennix' Augen weiteten sich. „Nein. Warum denken Sie das?"

„Vielleicht gehöre ich gar nicht hierher."

Ich war nicht mehr stolz auf das, was ich erreicht hatte. Wir mochten das einzige MCS-Bindungspaar sein, aber wir waren beschämt worden. Meine Fähigkeiten waren angezweifelt worden. Alle auf der Mission würden sich fragen, ob ich sie im Stich lassen würde. Ob ich sie sterben lassen würde.

„Es wird gegen MCS Remeas ermittelt werden. Die Wahrheit wird ans Licht kommen. Die Mission muss durchgeführt werden. Die IPBR-Bedrohung muss eliminiert werden."

„Aber wie –", begann ich. Jennix unterbrach mich. Ich war noch nie mit jemand anderem als Kass geflogen. Ich hatte ihn in jedem Level des Spiels an meiner Seite gehabt. Ich kannte nichts anderes. Konnte ich meinen

Job mit einem Fremden machen, ganz gleich über welche Fähigkeiten er oder sie verfügte? Konnte ich meinen Job überhaupt machen? Sie verließen sich darauf, dass ich das Kraftfeld der Mondbasis sowie die Frequenzgeneratoren ausschaltete.

„Sie werden einen neuen Flugpartner erhalten, einen Piloten", sagte sie. „Es wird offensichtlich nicht Kass sein, aber nichtsdestotrotz ein qualifizierter Pilot. Den besten, den wir finden können. Er oder sie wird Ihnen vor der Mission zugeteilt werden."

Ich trat näher und sprach leise, damit uns die anderen nicht hören konnten. „Was ist mit unserer Paarbindung? Ich meine, ist sie überhaupt echt? Wenn er betrogen hat, wird ihm dann erlaubt werden, mit mir verbunden zu bleiben? Was wird zwischen uns beiden passieren?"

Sie schenkte mir ein sanftes Lächeln. Nicht das einer Generalin, sondern das einer Frau.

Jennix bemitleidete mich. Genauso wie damals, als ich auf der Erde übers Ohr gehauen worden war. Kass hatte keine Affäre oder dergleichen gehabt, aber unsere ganze Beziehung beruhte auf einer Lüge. Ich hatte ihm vom Daten und den Ehen auf der Erde erzählt und dass ich ihnen nicht traute. Wie konnte ich unserer Paarbindung trauen? Gab es eine Paarbindungs-Scheidung?

„Ruhen Sie sich aus, MCS Becker. Sie müssen bald einen wichtigen Job erledigen", sagte sie.

Ich konnte bloß nicken. Ich war mit den Dynamiken des velerischen Militärs nicht vertraut. Ich war noch nie eine Soldatin gewesen, nicht wie der Rest der Gruppenmitglieder. Aber ich wusste, wie man sich respektvoll benahm. Ich dachte, ich würde meinen Platz hier draußen im Weltraum kennen. Es war der MCS-Sitz an Bord der *Phantom*.

Oder?

versuchte, mich gedanklich dazu zu zwingen, mich zu entspannen und zu schlafen. Das würde nicht passieren. Die Decke war um meine Beine gewickelt und ich auf die Seite gedreht. So starrte ich an die Wand. Was würde ich nur ohne Kass auf dem Pilotensitz tun? Konnte ich mich überhaupt in das System hacken und das Kraftfeld über Xenon ausschalten? War ich überhaupt dazu qualifiziert? Was, wenn ich versagte? Was, wenn ich es tatsächlich nicht tun konnte und Kass Dinge an dem Trainingsprogramm verändert hatte, damit ich erfolgreich war?

Ich zweifelte jetzt an allem, das ich in dem Spiel getan hatte. Denn alles, das ich getan hatte, hatte ich mit Kass getan.

Hatte er mich benutzt?

Scheiße.

Alle verließen sich auf mich. Auf uns, wer auch immer die andere Hälfte des neuen MCS-Paares war.

Uns sollten eigentlich Kass und ich sein. Doch jetzt hatte ich keinen blassen Schimmer, was echt war und was nicht.

Ich hielt inne und dachte darüber nach, was echt *war*.

Kass hatte zugegeben, dass er sich in das Sternenkämpfer-Programm gehackt hatte. Das war eine Tatsache. Sponder hasste ihn. Laut Kass schon lange Zeit. Als ich auf dem Schlachtschiff angekommen war, war Sponder dort gewesen. Hatte auf uns gewartet. Er hatte von Kass' Wechsel zur MCS-Gruppe erfahren, während Kass auf der Erde gewesen war. Damals hatte Sponder nicht erwähnt, dass Kass betrogen hatte. Er musste danach jemanden auf Kass' Treiben angesetzt haben. Aber warum? Jennix war diejenige gewesen, die Sponder

KAPITEL 9

Mia, Battleship Resolution, *persönliche Quartiere*

MAN ERWARTETE VON MIR, dass ich schlief. Es war tatsächlich eine Vorschrift. In der Theorie fand ich das gut. Aber die Mission war geplant worden und jetzt erwarteten sie von uns, dass wir einfach all die Pläne und Furcht verdrängten, die mit so etwas Gefährlichem einherging, und *schliefen*? Und das war nur die Mission. Der Rest wurde dabei nicht einmal berücksichtigt.

Generalin Jennix erwartete von mir, dass ich zur Mondbasis ging und die Kontrollgeräte der Dunklen Flotte außer Kraft setzte, indem ich mich von der *Phantom* aus in diese hackte, nachdem mein Bindungsgefährte verhaftet und ins Gefängnis geworfen worden war? Weil er ein Betrüger war?

Ich lag im Bett und starrte an die Decke. Ich

in seine Schranken verwiesen hatte, nicht Kass. Ich hatte ihm sogar eine freche Antwort gegeben. Sponder wurde nicht gerne gedemütigt. Das war auch eine Tatsache.

Warum war Sponder so ein Arsch? War er schon immer einer oder nur zu Kass?

Kass war arrogant. Er bog sich die Regeln zurecht. Er handelte aus dem Bauch heraus. Sich in die *Sternenkämpfer Trainingsakademie* zu hacken und selbst als potenzielles Match einzutragen, war nicht das Ende der Welt. Jennix schien das nicht einmal zu stören.

Aber Betrügen? Menschen und Velerier hatten eine ähnliche Auffassung, wenn es um Ehre ging.

Kass war zweifelsohne rebellisch. Aber ein Betrüger? Ein Lügner? Irgendetwas stimmte nicht.

Wenn Jennix wollte, dass ich schlief, hatte sie eben Pech. Ich stieg aus dem Bett und zog einige Kleider an. Ein Blick auf die Uhr verriet mir, dass weit über eine Stunde vergangen war, während mein Gehirn alles durchgekaut hatte. Ja, ich hatte mich ausgeruht.

Jetzt war es an der Zeit, sich an die Arbeit zu machen. Falls Kass in das System eingedrungen war, würde es eine Spur geben, der ich folgen könnte, Dateien und Aufzeichnungen, die zeigten, wie er sich in dem Trainingsprogramm eingetragen hatte. Eine Art unsichtbare Brotkrumenspur. Ich würde sie finden. Ich würde auch ganz genau herausfinden, wie er betrogen hatte.

Wenn Sponder sie gefunden hatte, könnte ich das definitiv auch. Und warum hatte Sponder Zeit damit verschwendet, danach zu suchen? Die IPBRs waren ein riesiges Problem. Alle arbeiteten rund um die Uhr, um das Problem aus der Welt zu schaffen. Also warum konzentrierte sich Sponder stattdessen auf Kass? Ein

Betrüger war sicherlich schlecht. Aber sollte sich Sponder nicht auf das wichtigste Problem und die Rettung seines Planeten konzentrieren?

Und warum hatte er diesen alten Kerl mit in die Sache gezogen? Den Kommissar. Sponder wusste von der Mission. Er war der Anführer der Gruppe Zwei. Dennoch hatte er seine Basis und diejenigen verlassen, die ihm unterstanden, um sich stattdessen mit Kass zu befassen. Hier auf der *Resolution*.

Es gab hier Antworten und ich würde sie finden. Kass hatte mir gezeigt, dass sich die Hauptrechnersteuerung in der Wand befand. Aber es gab eine tragbare Einheit wie einen Laptop, die man herausholen konnte, damit man effizienter arbeiten konnte. Ich nahm sie von der kleinen Ladestation unter dem Kommunikationsdisplay und ging zum Sofa. Nachdem ich sie vor mir auf den niedrigen Tisch gestellt hatte, machte ich mich an die Arbeit.

Hier war ich in meinem Element. Ein Bildschirm, eine Tastatur und Zugriff auf die Dateien. Jede Menge Dateien. Ich machte mich daran, diese durchzugehen, indem ich mit Kass' Biographie anfing. Als sein lächelndes Gesicht auf dem Bildschirm auftauchte, sehnte ich mich nach ihm. Klar, mein Körper wollte ihn, aber auch mein Herz. Als ich ihn als Bindungsgefährten akzeptiert hatte, hatte ich nicht gewusst, dass er echt war. Ich hatte ihn für einen Teil des Spiels gehalten.

Ich hatte ihn geliebt. Selbst damals. Doch jetzt? Jetzt folgte ich der Spur. Ging zurück zu dem Tag, an dem ich das Spiel begonnen und Kass ausgewählt hatte, indem ich einen Partnerfragebogen ausgefüllt hatte. Ich fand seine Zugangsdaten schon vor diesem Zeitpunkt. Seine Aufnahme in dem Programm. Er hatte gewartet.

Das zeigte, dass er nicht mich speziell in Visier gefasst hatte. Er war einer auf einer langen Liste mit möglichen Partnern. Es waren meine Daten, die zufällig zu seinen gepasst hatten. Statistisch gesehen war es für uns fast unmöglich, zusammengetan zu werden. Doch genau das war geschehen.

Dann suchte ich nach unseren Trainingsdateien. Die Ergebnisse jeden Levels.

Ich wurde reglos. Erstarrte.

Da waren sie. Die ursprünglichen Ergebnisse. Die modifizierten. Die Veränderungen des Programmcodes, die jedes Level einfacher gemacht hatten. Kürzer. Die uns zusätzliche Leben gegeben hatten. Punkte. All die Vorteile, die wir zum Gewinnen brauchen würden.

Scheiße. Er hatte betrogen. Ich hatte alles direkt vor mir.

Ich lehnte mich auf dem Sofa zurück. Es stimmte. Sponder log nicht.

Gott, ich hasste Kass. Ich liebte ihn, aber ich hasste ihn dafür. Er hatte mich zum Glauben gebracht. Hatte mich denken lassen, ich sei anders. Besonders. Wichtig.

Doch ich war genau das, was Sponder gesagt hatte. Weniger als das. Nicht würdig.

Irgendwie musste ich meine Selbstzweifel überwinden. Niemand konnte leugnen, dass ich gut im Hacken war. Auf der Erde und hier als Teil des velerischen Teams. Leuten vertraute ich nicht, aber ich vertraute den Daten. Ich konnte sie finden. Die Auf und Abs verstehen, die Muster finden.

Und irgendetwas an diesen Daten war… merkwürdig. Falsch. Das Gefühl war ein reiner Instinkt und ich versuchte nicht, es zu leugnen. Irgendetwas an dieser ganzen Situation war merkwürdig. Zu persönlich. Und Daten waren nicht persönlich. Daten waren unbestreitbar. Objektiv. Sie logen nicht.

Ich konnte Kass nicht vertrauen und ich hatte ihn meines Vertrauens für würdig erachtet. Sponder hatte ich nie vertraut.

Sonst hatte ich niemanden. Niemand gab mir hier Rückendeckung. Klar, Jamie schon, aber sie war auf Arturri stationiert. Es war nicht das Gleiche. Ich war auf mich gestellt. Also ließ ich meine Finger fliegen. Ich las. Ich verglich die Daten. Ich setzte all die Informationen und gespeicherten Dokumente sowie Nachrichtenberichte in Bezug zueinander. Zunächst konzentrierte ich mich auf Sponder, dann Kommissar Gaius. Ich fand den Programmierer, der die *Sternenkämpfer Trainingsakademie* erschaffen hatte.

Das war ein Genie, das ich gerne kennenlernen würde.

Sponder. Der Mistkerl hatte seine Finger überall im Spiel. Und nicht nur auf der Eos Station. Seine Akte reichte über ein Jahrzehnt zurück und sie war ein wenig zu makellos und sauber. Abgesehen von seinen Problemen mit Kass schien er eine blitzsaubere, perfekte Akte zu haben.

Ein Arschloch wie er? Ja, klar. Er hatte Freunde in hohen Positionen, das war es, was Kapitän Sponder, *Neffe von Kommissar Gaius*, auf seiner Seite hatte. Vetternwirtschaft vom Feinsten und der damit einhergehende Komplex.

„Sternenkämpferin Becker."

Ich blinzelte. Ich war so in die Daten vertieft gewesen, dass ich dachte, ich hätte meinen Namen gehört.

„Sternenkämpferin Becker."

Ich hatte ihn tatsächlich gehört. „Ja", rief ich, weil mir bewusst wurde, dass ich durch das Kommunikationssystem kontaktiert wurde.

„Melden Sie sich auf dem Flugdeck zum Dienst."

Zum Dienst melden? Jetzt? Ich schaute auf die Uhr und entdeckte, dass Stunden vergangen waren. Ich hatte eine Menge über Sponder erfahren. Dinge, von denen er nicht wollte, dass irgendjemand von ihnen erfuhr. Er war ein Arschloch, aber obwohl das eine Tatsache war, wussten es nicht alle. Da war noch mehr. Ich war kurz davor, etwas Wichtiges über ihn in Erfahrung zu bringen. Ich war beschwingt und vollgepumpt mit Adrenalin. Es war da, irgendwo zwischen den Dateien. Irgendetwas an ihm stimmte nicht so recht.

„Ich brauche einfach noch mehr Zeit", murmelte ich.

„Negativ", erwiderte die Stimme, obwohl ich nicht zu ihr gesprochen hatte. „Die Mission beginnt in dreißig Minuten. Sie müssen in fünfzehn Minuten in ihrem Starfighter sein. Generalin Jennix möchte, dass Sie ihren neuen Piloten kennenlernen."

Ich blickte zur Kommunikationseinheit, obwohl sie nur die Stimme übertrug, kein Bild. Mein neuer Partner. Ich schluckte schwer. Das hatte ich vollkommen vergessen, während ich mich in den Dateien verloren hatte. „Ja. Ich werde da sein."

Ich erhob mich und starrte hinab auf den Pseudo-Laptop. Es lag in meiner Natur, einfach weiterzumachen. Weiterzugraben, bis ich die Antworten hatte. Aber die Mission war wichtiger. Kass hatte betrogen. Die Daten, die das bewiesen, waren da. Er würde nicht mit mir fliegen. Ich hatte auch keine Beweise – noch nicht – dass Sponder ein schlimmerer Scheißkerl war, als Kass gesagt hatte.

Ich würde die Daten beschaffen. Ich würde Sponder drankriegen. Und dann würde ich mir Kass vorknöpfen. Denn ich war sauer. Er hatte sich mit der falschen Frau angelegt. Vorher musste ich nur helfen, einen Planeten zu retten.

* * *

Kass, Zelle T-492

Gaius und Sponder begleiteten mich zum Gefängnis. Sie hatten vier Wachen mitgebracht, die sich meiner annahmen. Ich fühlte mich geschmeichelt.

Als ich zu Sponder und seiner blutenden Nase blickte, war ich erfreut. Der Drecksack.

Ich sagte nichts. Jetzt war nicht die Zeit zum Reden. Ich hatte Sponder schon genug gedemütigt. Irgendetwas vor Gaius zu tun, wäre töricht. Ich hatte keine Ahnung, wie Sponder einen Kommissar dazu gebracht hatte, ihm bei seinem Vorhaben zu helfen, mich zu einem Trawler-Piloten zu degradieren.

Und warum? Ich hasste den Kerl, aber nachdem ich zum Sternenkämpfer-MCS ernannt worden war, hatte ich nicht mehr an ihn denken wollen. Dennoch kam er immer wieder zurück. Er war nicht nur einmal, sondern gleich zweimal auf der *Resolution* erschienen, um sich persönlich mit mir zu befassen.

Jennix musste wissen, dass etwas im Busch war.

Doch die Mission war wichtig. Jegliche belanglosen Probleme, die Sponder mit mir hatte, waren kein Vergleich zu der dauerhaften Bedrohung von IPBRs, die Velerion oder einen unserer Außenposten sprengen könnten. Jennix war darauf konzentriert. Nicht auf mich.

Um mich machte ich mir keine Sorgen. Ich machte mir Sorgen um Mia. Sie hatte ihre Rolle als Sternenkämpfer-MCS angenommen *und* sie hatte mich als ihren Bindungsgefährten akzeptiert. Jetzt, wegen Sponders Mist, würde sie ohne mich auf eine Mission gehen.

Es war meine Schuld. Ich war derjenige, der gehasst wurde. Meine Entscheidungen würden sich jetzt auf sie auswirken.

Sie könnte sterben. Wer war ihr Partner bei dieser Mission? War er oder sie qualifiziert? So fähig wie ich? Würden sie einen Draht zueinander finden und so gut miteinander arbeiten können wie Mia und ich?

Natürlich nicht.

Und das war die Motivation, die ich brauchte, um herauszufinden, wie ich dem Knast entkommen und auf die *Phantom* gelangen konnte.

Ich mochte Sponders Nase gebrochen haben, aber ich würde nicht mit dem Wächter kämpfen. Ich hatte keine Probleme mit ihm. Er machte nur seine Arbeit. Nachdem wir den Gefängnisbereich betreten hatten, war nur noch ein Wächter im Dienst. Er hatte den Kommissar ersetzt und uns durch den kurzen Korridor eskortiert. Ich hatte zwei Zellen gezählt. Die *Resolution* hatte eindeutig nicht viele Gefangenen. Ich nahm an, dass jedes Mitglied der Dunklen Flotte, das gefangen genommen wurde, an einen anderen Ort gebracht wurde. Dieser Ort war für Leute wie mich gedacht, die nicht gefährlich waren und bald nach Velerion transportiert werden würden, damit ihnen der Prozess gemacht werden konnte.

Tatsächlich hatte ich erwartet, sofort von Gaius und Sponder von der *Resolution* abtransportiert zu werden, aber sowie wir außerhalb des Versammlungsraumes gewesen waren, hatten sie miteinander gestritten.

„Er sollte nach Velerion gebracht werden, damit man ihm augenblicklich den Prozess machen kann", hatte Sponder zu Gaius gesagt.

Gaius war anderer Meinung gewesen. „Der Sternenkämpfer ist in Gewahrsam, wie du es wolltest. Jennix hat recht. Es gibt eine Mission, die durchgeführt werden muss und die von essenzieller Wichtigkeit für das Überleben von Velerion ist. *Das* hier ist es nicht. Er wird hier auf dem Schlachtschiff bleiben, bis die Mission beendet ist."

„Aber –", hatte Sponder gestottert.

„Deine Shuttle-Teams auf der Eos Station werden keinen Anführer haben, Kapitän. Ich erwarte, dass du dich auf deinen Job konzentrierst anstatt auf diese Vendetta."

Vendetta?

Gaius hatte recht. Sponder hatte etwas gegen mich. Sponders Hass überraschte mich nicht. Doch seine Besessenheit damit, mir zu schaden, war ein kleiner Schock für mich. Ich hatte erwartet, dass er erfreut sein würde, mich loszuhaben. Mich gehen zu lassen. Ich hatte sein Bedürfnis nach Rache, nach Kontrolle unterschätzt.

Ich hatte Gaius für das kleine Zeitfenster zu danken,

das er mir gegeben hatte. Ich musste von hier verschwinden, bevor Mia abflog. Ich würde nicht zulassen, dass sie mit irgendeinem beliebigen Sternenkämpfer-MCS flog. Die Person an ihrer Seite wäre ich.

Meine Taten würden ernste Konsequenzen nach sich ziehen. Aus einem Gefängnis zu fliehen, nachdem über fünfzig Zeugen meine Verhaftung beobachtet hatten, war nicht klug. Jennix wäre nicht in der Lage, mich davor zu retten.

Aber ich musste mich um Mia kümmern und das war das Einzige, das eine Rolle spielte.

Ich ruhte mich ein Weilchen aus und wartete auf eine Gelegenheit, während ich döste, die Wachen beobachtete, die ihren Schichtwechsel vollzogen, und meine Umgebung betrachtete. Ich bemerkte die Paneele, die das Kontrollsystem verdeckten, das in den Wänden verborgen war.

Das hier war nicht mein erster Aufenthalt im Gefängnis und ich hatte einige Tricks gelernt, aber ich musste meine Flucht perfekt timen. Mia brauchte mich, was bedeutete, dass ich zu ihr gelangen musste, bevor die Mission startete, aber nicht so früh, dass ich eingefangen und wieder hier runter geschleift werden würde.

Als der Beginn der Mission nur noch ungefähr eine Stunde entfernt war, holte ich tief Luft.

„Wache!", rief ich. In diesem Gefängnis hatten die Zellen echte Gitterstäbe an Stelle von Laserstrahlen, die in den Hochsicherheitsgefängnissen auf Velerion benutzt wurden.

Die Wache kam von ihrem Schreibtisch beim Eingang zu mir. Er war neu im Dienst, vielleicht erst achtzehn oder neunzehn Jahre alt. „Dein erster Job?", fragte ich.

Er nickte.

„Muss langweilig sein."

Sein Mundwinkel bog sich nach oben. „Du bist der erste Gefangene, den wir haben, seit mir dieser Posten übertragen wurde."

„Es hat zu allen Zeiten jemand Dienst?"

„Nein, ich bin Teil der Mechaniker-Crew, aber wurde auch mit der Rolle einer Wache *auf täglicher Basis* betraut."

„Du hast praktisch Rufdienst und musst springen, wenn ein Gefangener reinkommt."

„Richtig. Wie du. Was hast du gemacht, dass du hier reingeworfen wurdest?" Er beäugte mich ein wenig misstrauisch, als wäre ich Amok gelaufen.

„Ich habe einen alten befehlshabenden Offizier verärgert."

„Deswegen haben sie dich hier eingebuchtet? War es so schlimm, dass ein Kommissar von Velerion herkommen musste?"

„Jepp." Ich seufzte.

„Tja, das ist Pech, aber ich muss noch vor dem Mittagessen zurück zu meinem Team."

„Du wirst mich hier einfach allein lassen?", fragte ich und täuschte Besorgnis vor.

„Ja, aber die elektronischen Kontrollsysteme werden auf dein Wohlbefinden achten."

Ich sah mich um. „Elektronische Kontrollsysteme?"

Er lächelte. Deutete auf die Wand. „Das System ist für ein Schlachtschiff hochmodern. Die Monitore sind direkt mit der zentralen Kontrollstation des

Schiffes verbunden. Du wirst von dort überwacht werden."

Dieser Junge war cool. Ein Technikfreak wie ich.

„Meinst du, du kannst mir etwas zu Essen bringen, bevor du gehst? Ich will wegen der Mission nicht vergessen werden."

„Klar."

Er verschwand einige Minuten und dann kam er mit einem Tablett voller standardisierter Essensrationen zurück. Es war nichts Ausgefallenes, aber es würde seinen Zweck erfüllen. Er öffnete die kleine Zugangstür in den Gittern und reichte mir das Tablett.

„Danke. Viel Glück bei der Mission."

„Scheiß Königin Raya", sagte er, bevor er auf dem Absatz kehrtmachte und mich allein ließ.

Bewacht von dem elektronischen Kontrollsystem.

Ich aß so schnell wie möglich – denn ich hatte Hunger und würde die Energie brauchen, wenn ich mit Mia flog – und dann stellte ich das Tablett auf das Bett. Ich nahm das Messer in die Hand. Es war stumpf und würde vermutlich nicht einmal in jemandes Haut schneiden, aber es würde funktionieren. Die Wände und Decke waren glatt und weiß. Der Boden hatte eine glänzende, dunkle Lasur, die zum Rest des Schlachtschiffes passte.

Unter einer dieser Bodenfliesen würde es ein Kontrollpaneel geben, das die Schlösser der Gitter meiner Gefangenenzelle öffnen würde. Das alles in diesem Bereich aktivierte und kontrollierte. Ich musste es nur finden und mich in die Schlösser hacken, um hier rauszukommen und zurück zu Mia zu gehen.

Ich hatte mich in die *Sternenkämpfer Trainingsakademie* gehackt. Ich konnte mich in dieses System hacken.

Fast eine Stunde später tat ich genau das. Die Zellentür öffnete sich und ich rannte davon. Ich hoffte, dass ich rechtzeitig zur Startbucht gelangte, um mich mit Mia zu treffen, bevor sie abflog.

Zum Glück befand sich das gesamte Schlachtschiff im Vorbereitungsmodus. Ich war nicht der Einzige, der durch die Flure rannte. Als ich die Startbucht erreichte, wurde ich langsamer. Keines der Schiffe war bisher abgeflogen. Die Mechs liefen jedoch entweder von ihrem Schiff weg oder gingen die letzten Schritte ihrer Checklisten durch.

Ich ging zu den Vorbereitungsräumen, wo die Fluganzüge aufbewahrt wurden, und schnappte mir meinen, ehe ich mich in Rekordzeit umzog. Ich aktivierte meinen einfahrbaren Helm, um mein Gesicht zu verbergen, während ich zur *Phantom* joggte und die Rampe hochging.

Mia und irgendein Arschloch, das ich noch nie zuvor gesehen hatte, gingen gerade die notwendigen Überprüfungen vor einem Flug durch.

„Du sitzt auf meinem Platz", sagte ich.

Mia keuchte und schaute über ihre Schulter, woraufhin sie mich sah. „Was zum Kuckuck? Kass?"

Mit einem einfachen Befehl fuhr ich den Helm wieder ein, damit er erneut im Kragen des Fluganzuges ruhte. „Pilot, ich sagte, du sitzt auf meinem Platz."

Der Pilot sah verwirrt aus, aber bereit zu Protesten. Das konnte ich ihm nicht verübeln. Ich war gewillt, zu kämpfen, um neben der talentiertesten, hübschesten Sternenkämpfer-MCS zu sitzen, der ich jemals begegnet war.

Anstatt Zeit mit Streiten zu verschwenden, donnerte

ich dem Piloten die Faust auf den Kiefer, erfreut darüber, dass ich meinen Biss nicht verloren hatte. Er brach bewusstlos auf dem Sitz zusammen.

„Kass, was zur Hölle machst du hier?"

In weniger als einer Sekunde zog ich ihm seinen Fluggurt aus. Nachdem er von diesem befreit war, riss ich den Piloten aus dem Stuhl, lief zum Rand der Rampe und rollte ihn hinab. „Hey, Mechs!", brüllte ich nach Arria und Vintis, die angerannt kamen.

„Gibt es ein Problem?", fragte Arria. „Kapitän Sponder war bereits mit diesem Kommissar hier und hat verlangt, einen Blick auf das Schiff zu werfen. Sagte, du hättest vielleicht etwas mit dem Kontrollsystem angestellt? Es sabotiert oder so etwas?"

„Er ist ein Arschloch und labert nur Scheiße." Ich deutete auf den bewusstlosen Piloten. „Wir hatten einen Passagier zu viel an Bord. Schafft ihn hier raus und bringt ihn zur Krankenstation, könnt ihr das tun?"

„Klar." Vintis wuchtete den Piloten mit einem Grinsen über seine Schulter und lief davon. Als ich wusste, dass alles geregelt war, winkte ich Arria, drückte auf den Knopf, um das Schiff zu verschließen und setzte mich auf meinen Platz neben Mia.

Mias Mund stand offen, dann schloss er sich, dann öffnete er sich wieder.

Ich beugte mich über sie und drückte einen heißen, langen Kuss auf diese sprachlosen Lippen. „Hast du mich vermisst?"

„Was denkst du, dass du hier tust?" Sie klang nicht so, als hätte sie mich vermisst. Sie klang wütend.

Ich aktivierte die Startsequenz und schnallte mich an, während die *Phantom* vom Boden der Startbucht abhob.

„Du hast doch wohl nicht wirklich gedacht, dass ich dich ganz allein dort rausgehen lassen würde, oder?"

„Ich war nicht allein."

„Doch, Liebes, das warst du."

Mia widersprach nicht und ich fasste das als gutes Zeichen auf. Ich ergriff die Gelegenheit beim Schopf, der einzigen Person, deren Meinung für mich von Bedeutung war, die Wahrheit zu erzählen.

„Mia, ich habe mich in das Trainingsprogramm gehackt, weil sich Sponder geweigert hat, meine Bewerbung für das Sternenkämpfer-Programm zu bewilligen trotz der Tatsache, dass ich mehr als qualifiziert war. Aber mehr als das habe ich nicht getan. Ich bin kein Betrüger oder Lügner, nicht in Bezug auf Dinge, die eine Rolle spielen. Jede Trainingsmission, die wir gemeinsam durchgestanden haben, haben wir auch beendet. Du bist meine Bindungsgefährtin und ich gebe dich nicht auf. Mir ist scheißegal, was Sponder behauptet. Wenn wir von dieser Mission zurückkehren, werde ich einen Weg finden, meine Unschuld zu beweisen und die Karriere dieses Arschlochs zu zerstören, dieses Mal dauerhaft."

„Dieses Mal?"

Wir schossen hinaus ins Weltall und ich lenkte die *Phantom* Richtung Xenon. „Lange Geschichte."

„Wir haben Zeit."

Nein, die hatten wir nicht. Wir waren auf dem Weg in den Kampf und ich wollte nicht die ganze Zeit damit verbringen, über den Mistkerl zu reden, aber… „Arria sagte, der Kommissar und Sponder waren hier unten und haben sich das Schiff angesehen?"

Mia nickte. Ihr Verstand begann eindeutig, sich auf die Mission zu konzentrieren. „Sponder war sogar an

Bord, als ich ankam, um den Piloten kennenzulernen, den du gerade ausgeknockt hast."

Ich grinste. „Du erinnerst dich nicht an seinen Namen, was?"

Endlich lächelte sie. „Nein. Ist das schlimm?"

„Nicht für mich." Ich strengte mich an, mir einen Grund einfallen zu lassen, aus dem Sponder auf unserem Schiff hätte sein können, doch mir fiel nichts ein.

„War Kommissar Gaius bei ihm?"

„Sponder? Nein. Er war allein, als ich hier ankam, aber die Mechs sahen den Kommissar hier. Er muss gegangen sein, bevor ich hierherkam."

Mia wandte sich von mir ab und richtete ihre gesamte Aufmerksamkeit auf ihre Bildschirme. Was für mich in Ordnung war. Ich wollte nicht über Sponder oder Gaius oder Betrug reden und ich wollte Mia so kurz vor einer wichtigen Mission nicht aufregen.

Aber wenn diese Mission vorbei war? Die Situation mit Sponder würde sich zuspitzen und ich hegte keinerlei Absicht, diesen Kampf zu verlieren.

Dieses Mal würde ich nicht zögern, das Arschloch zu Fall zu bringen.

KAPITEL 10

Mia, die Phantom

XENON ALPHA DER MOND, der unsere Bildschirme füllte, war wunderschön. Anders als der Mond der Erde, war dieser in Wirbel aus Rot-, Orange- und Brauntönen getaucht und sah eher wie Saturn aus als die kargen Felsen, an die ich gewöhnt war. Der Mond der Erde leuchtete stets silbern mit dunkleren Kratern. Ich hatte keinen blassen Schimmer, wie dieser Mond von Xenon aus aussah, aber die dunkle Stelle, auf die wir zuflogen erinnerte mich nicht an den Tausendfüßler, den ich mir bei der Versammlung vorgestellt hatte, sondern an einen schwarzen Blutegel, der dem Mond das Blut aussaugte. Ich hatte keine Ahnung, woher dieses gruselige Bild gekommen war, aber ich mochte diesen Ort nicht. Er fühlte sich… falsch an.

„Wie lange, bis wir in Reichweite sind?", fragte ich.

„Plus minus eine Stunde." Kass saß am Bedienpult des Piloten, während ich jede Energiefrequenz oder Licht überwachte, die sich dem Mond näherte oder ihn verließ. Seine Anwesenheit half mir irgendwie beim Atmen, obwohl ich noch sauer auf ihn war. Die letzte Mission war aufregend gewesen, eine Gelegenheit, unsere Fähigkeiten unter Beweis zu stellen, eine wilde Fahrt durch den Weltraum, bei der niemand außer uns in Gefahr war.

Das hier war vollkommen anders. Kampfgeschwader vom *Battleship Resolution* waren einsatzbereit und warteten nur darauf, dass wir das merkwürdige Magnetfeld ausschalteten, das von diesem Mond generiert wurde. Sternenkämpfer. Shuttle-Piloten. Titanen-Teams. Und die Leute auf Xenon, deren gesamte Population kleiner war als die Einwohnerzahlen eines Vorortes von Berlin.

Nicht gerade viele Leute nach Planetenstandards. Doch wenn jedes Leben auf diesem Planeten von einem Sternenkämpfer-MCS-Team abhing und dessen Fähigkeit, sie von der Kontrolle der Dunklen Flotte zu befreien? Wenn sie von *mir* abhängig waren?

Kass und ich waren buchstäblich das *einzige* MCS-Team, das sie hatten. Wir waren hier draußen allein. Wahrhaftig allein. Ich hatte das Gefühl, als würde ich eine ganze Stadt voller unschuldiger Leute aus einem Hochsicherheitsgefängnis befreien, und wenn ich das hier versaute, würden sie alle sterben. Tausende um tausende Gefangene würden mit einem Knopfdruck sterben.

Hatten sie diese Schockhalsbänder um ihre Hälse wie in manchen der freakigen Science-Fiction-Filme? Hatte Königin Raya einen großen roten Knopf an ihrem Thron, der die Köpfe aller mit nur einem Druck zum Explodieren bringen würde?

„Mir gefällt das nicht." Normalerweise hätte ich diesen Gedanken für mich behalten, aber das hier war Kass. Nach all den Missionen, die wir im Spiel gemeinsam geflogen waren, würde er meine Instinkte nicht ignorieren.

„Wir sind fast da", erwiderte er.

Unsere Gesprächseinheit leuchtete auf und ich schaute zu Kass und hielt seinen Blick, während ich antwortete: „MCS Becker."

„*Phantom*, hier spricht die Anführerin der Gruppe Fünf."

Oh, zur Hölle. Generalin Jennix.

„Verstanden, Gruppenführerin. Ich höre."

„Der Gefangene von Kommissar Gaius ist vor Beginn der Mission aus dem Gefängnis entkommen. Wir haben unbestätigte Berichte, dass ein Pilot auf der Krankenstation ist, der behauptet, ihn vor dem Start an Bord der *Phantom* gesehen zu haben. Können Sie das bestätigen?"

„Ich weiß nicht, wovon sie reden, Generalin."

„Ich verstehe." Es entstand eine lange Pause und ich wartete, wobei ich Kass beobachtete. Er mahlte mit den Kiefern, dann griff er nach unten zu seinem Bedienpult und aktivierte seine Gesprächseinheit.

„Generalin, hier spricht MCS Remeas. Ich war nicht in der Lage, MCS Becker, meine Bindungsgefährtin, allein in den Kampf fliegen zu lassen, Sir. Ich werde mich stellen, wenn wir zur Basis zurückkehren."

„MCS Becker, geht es Ihnen gut? Können Sie die Mission beenden?"

„Jawohl. Die Mission wird erledigt", sagte ich.

„Sehr schön. Ich werde mich mit Ihnen beiden befassen, wenn das alles vorbei ist. Jennix out."

Ich biss auf meine Unterlippe, während ich meinen gesamten Fokus, meine Existenz, den Bildschirmen und dem Code vor mir zuwandte. Und dann… ich konnte den Mund nicht länger halten. „Kass?"

„Ja, Liebes."

Verdammt, warum musste er mich so nennen, wenn ich bereit war, ihm den Kopf abzureißen und in den Hals zu stopfen, weil er mich angelogen hatte. Weil er mich gedemütigt hatte. Weil er mich an allem und jedem hatte zweifeln lassen, einschließlich meiner selbst.

„Ich habe mich in das Trainingsprogramm gehackt", gestand er. Das Einzige, das ich für ihn empfunden hatte, war Wut gewesen, aber meine Stimme war jetzt ruhig. Fast schon… erschöpft. „Ich sah die Beweise selbst. Jede einzelne Mission, die wir beendet haben, wurde manipuliert. Warum hast du das getan?"

„Wovon redest du?" Er drehte sich auf seinem Platz um und starrte mich an. Mit großen Augen, schockiert. Er war kein bisschen gelassen. Er fühlte sich unwohl. War wütend. Aus dem Lot geraten, was neu und unüblich für ihn war.

„Ich habe mich in das System der *Sternenkämpfer Trainingsakademie* gehackt. Ich habe unsere Trainingsaufzeichnungen aufgerufen. Jede einzelne Mission, die wir beendet haben – jede einzelne, Kass – wurde modifiziert, damit die Aufgaben leichter zu erledigen waren."

Er schüttelte verneinend den Kopf. „Nein."

„Warum hast du das getan?" Ich würde die gleiche Frage immer und immer wieder stellen, bis er antwortete.

Er schluckte schwer und starrte mich an, bis er sich sicher war, dass ich schaute – oder fasziniert war. „Ich schwöre es dir, Verbundene, ich habe nichts Dergleichen getan. Glaubst du wirklich, dass ich so dumm oder so schlampig wäre, eine so offensichtliche Spur zu hinterlassen, wenn ich das System betrügen wollte?

Ich nahm mir einen Moment, um darüber nachzudenken. Ich hatte mich vor weniger als einer Stunde in das Programm gehackt. Ich hatte die Daten, nach denen ich gesucht hatte, innerhalb von Minuten gefunden, nachdem ich auf das System zugegriffen hatte. Ich hätte genauso einfach die Missionsveränderungen und meinen digitalen Fußabdruck löschen können. Das wäre leicht zu bewerkstelligen gewesen. Ich hätte alles löschen und Kass' Namen reinwaschen können, dann hätte Sponder keine Beweise mehr gehabt. Kass wäre für unschuldig erklärt worden. Garantiert.

Wenn ich ihn in weniger als zehn Minuten unschuldig aussehen lassen könnte, machte es Sinn, dass jemand anderes ihn genauso mühelos schuldig aussehen lassen konnte.

Warum hatte ich daran nicht gedacht, als ich in dem System gewesen war?

Weil ich emotional gewesen war und nicht vernünftig. Von Beginn an hatte ich an mir gezweifelt. Das Einzige, das Kapitän Sponder hatte tun müssen, war mit einem roten Tuch vor mir zu wedeln, und ich war wie der sprichwörtliche Bulle losgerannt. Verletzt. Wütend. Betrogen.

Arme kleine Mia, die wieder angelogen wurde.
Nicht gut genug.
Schlechtes Urteilsvermögen.

Scheiße. Ich hatte mich von dem Arschloch Sponder wie eine naive Rekrutin aus dem ersten Jahr an der Nase herumführen lassen. Und all das nur, weil mein Herz involviert war. Weil es für mich keine Vernunft gab, wenn es um Kass ging. Weil ich Sponder anstatt Kass geglaubt hatte. Gott, ich liebte ihn. Ich wollte ihn. Und ich wollte so sehr, dass er an mich glaubte, dass es mir Angst machte. Ich hatte gleich die erste Gelegenheit, das Schiff zu wechseln, ergriffen.

Nicht mehr.

„Mia?"

Ich betrachtete Kass mit neuen Augen. „Du sagst die Wahrheit."

Er seufzte. Seine Schultern entspannten sich. Sämtliche Spannung wich aus seinem Körper.

„Ja." Das *Was denn sonst?* wurde nicht laut ausgesprochen, aber ich konnte es in seinen Augen sehen. Zusammen mit dem Schmerz, den ich verursacht hatte, indem ich an ihm gezweifelt hatte. Und mir.

„Warum hasst dich Sponder so sehr?", fragte ich schließlich.

Kass seufzte und wandte sich von mir ab, um die Schiffssteuerung zu überprüfen. „Er ist ein Arsch. Er war schon immer ein Arsch. Einmal belästigte er eine Shuttle-Pilotin. Eine Freundin von mir. Er griff sie tätlich an. Sie wehrte ihn ab und reichte eine Beschwerde ein. Nichts passierte. Kommissar Gaius ist sein Onkel."

„Onkel Gaius hat ihn gerettet?" Also war Sponder mit einem silbernen Löffel im Mund geboren worden und hatte sich weder seinen Rang noch den Respekt seiner Piloten verdient.

„Er erhielt eine Verwarnung und sie bekam eine Mahnung, weil sie einem übergeordneten Offizier nicht gehorcht hatte. Danach machte er ihr das Leben zur Hölle, weshalb ich mich in das System hackte, die Videodateien seines Angriffs aus dem hochsicheren System runterlud, sie andernorts versteckte und meine Freundin zu einer anderen Basis versetzen ließ, so weit weg von ihm wie ich konnte."

Ich riss die Augen auf wegen allem, das er für eine Freundin getan hatte. „Und er wusste, dass du das gemacht hast?"

Er zuckte mit den Achseln. „Nun, der Versetzungsbefehl war in seinem Namen, aber er wusste, dass ich dahinter steckte. Ich sagte es ihm. Er wollte sie wieder unter seiner Kontrolle haben. Er war vollkommen besessen. Als er versuchte, sie zur Eos Station zurückversetzen zu lassen, ging ich in sein Büro und teilte ihm mit, dass ich das Video seines Angriffs hatte und seine Karriere ruinieren würde, wenn er noch einmal in ihre Nähe ginge."

„Warum unterstehst du immer noch seinem Befehl? Wann war das?"

Kass gluckste. „Kurz bevor er meine Bewerbung ablehnte und ich mich in das Programm der *Sternenkämpfer Trainingsakademie* hacken musste. Vor ungefähr einem Jahr."

„Warum bist du nicht gegangen? Warum hast du nicht um eine Versetzung gebeten? Oder dich versetzt, so wie du es für deine Freundin getan hast?"

„Er hasst mich, aber er konnte mir nichts anhaben, nicht solange ich den Videobeweis hatte, um ihn und seinen Onkel zu ruinieren, der derjenige gewesen war, der die Beweise verschwinden hatte lassen. Es gab zu viele andere verletzliche neue Rekruten unter seinem Befehl, die als Nächstes dran sein hätten können."

„Also hast du über die Schäfchen gewacht."

„Was sind Schäfchen?" Er runzelte die Stirn.

„Vergiss das, ich glaube dir. Aber das reicht nicht. Nicht in diesem Fall. Er hasst dich seit einem Jahr, aber hat nie zuvor versucht, dich einzusperren. Er hat sich irgendwie in das System gehackt und unsere Trainingsdaten modifiziert. Was denkst du, hat ihn dazu getrieben?"

Kass starrte lange Minuten in die dunkle Leere des Alls. „Ich weiß es nicht. Vielleicht die Prüfer, die wir ihm auf den Hals gehetzt haben? Vielleicht hat er Angst, dass die Technik- und Sicherheitsteams herausfinden, was für ein Arschloch er ist, wenn sie in seinen Unterlagen herumwühlen."

„Vielleicht." Ich überwachte beiläufig die Datenströme, die von Xenon Alpha kamen, während ich meinen Gedanken erlaubte, auf Wanderschaft zu gehen. Da sein Onkel ein velerischer Kommissar war, bezweifelte ich, dass sich Spnder sonderlich große Sorgen darum machte, dass Kass ihn zu Fall brachte. Also machte er sich wegen der Sicherheitsprüfung Sorgen, mit der ihm Generalin Jennix gedroht hatte? Hoffte er, dass die Prüfung abgesagt wurde, wenn er Kass zu Unrecht eines Verbrechens bezichtigte? Oder vielleicht hoffte er auch, dass sein Onkel einige Strippen ziehen und die Prüfung absagen könnte, sodass die Generalin keinen Grund zu Protesten mehr hatte?

Irgendetwas passte nicht zusammen. Genauso wie ich es mir vorhin schon in unseren Quartieren gedacht hatte.

Ich verknüpfte den Datenstrom der *Phantom* mit dem *Battleship Resolution* und wartete, während sich das sehr viel kraftvollere Kommunikationssystem des Schlachtschiffes mit Velerion und der Halle der Verzeichnisse synchronisierte.

Kapitän Sponder verbarg etwas und ich würde herausfinden, was dieses Etwas war.

Zum ersten Mal spürte ich, wie meine Codierungsimplantate zusammen mit meinem Gehirn arbeiteten, indem sie den Informationstransfer beschleunigten und mir die Kommunikation mit dem Schiff erleichterten. Ich brauchte einen Moment, um mich daran zu gewöhnen und wie es sich anfühlte. Es war, als hätte mein Gehirn nun eine drahtlose Verbindung und wäre direkt mit den Datenströmen verbunden. Einen Augenblick lang konnte ich mich nicht bewegen, weil ich zu schockiert war von der Leichtigkeit des Datentransfers und der Geschwindigkeit, mit der sich die Informationen durch meinen Verstand bewegten. Aber ich war auch dankbar. Ich musste eine *Menge* Aufzeichnungen durchsuchen und hatte nur wenig Zeit dazu.

Kass schwieg, während ich arbeitete.

Fünfzehn Minuten später erstarrte ich auf meinem Stuhl. Ich hatte es. Ich hatte den Beweis, den wir brauchten, um Sponder zu Fall zu bringen. „Kass, wer ist der Delegierte Rainhart?"

Kass schnaubte. „Ein Verräter. Deine Freundin Jamie und ihr Bindungsgefährte Alex fanden erst vor kurzem heraus, dass er derjenige war, der Königin Raya Informationen über die Sternenkämpferbasis gegeben hatte, die daraufhin zerstört wurde. Er verriet Velerion und gab der Dunklen Flotte genau das, was sie brauchte, um fast all unsere Sternenkämpfer auszulöschen und Velerions Verteidigung lahmzulegen."

Oh Scheiße.

„Was ist ein Delegierter?"

„Sie werden von den Kommissaren ernannt. Ungefähr vergleichbar mit Graves Stellung gegenüber Generalin Jennix. Sie arbeiten für die Kommissare als Beauftragte und verhandeln und treffen sich mit Auftragsgebern und Händlern. Sie kümmern sich um die alltäglichen Pflichten der Kommissare, die in die Halle der Verzeichnisse gewählt werden."

„Sind sie so etwas wie ihr Stabschef?"

„Ich bin mit diesem Begriff nicht vertraut."

„Wie viel Zeit haben wir noch?" Ich war besorgt und Adrenalin strömte in rauen Mengen durch meine Adern, nachdem ich dieses Puzzle gelöst hatte. Wir hatten die Antwort und wir mussten diesbezüglich etwas unternehmen. Jetzt.

„Höchstens fünf Minuten. Hast du schon etwas über Sponder ausgraben können?"

„Wie es der Zufall so will, habe ich –"

BUMM!

„Mia! Festhalten!" Kass' Schrei begleitete eine plötzliche Drehung der *Phantom*. Ich war in meinen Sitz geschnallt, aber selbst im Weltraum war Trägheit real und mein Kopf wurde nach hinten geworfen.

„Was zur Hölle?", schrie ich, während eine unnatürliche Hitze über mich hinwegfegte. Die Kontrollstation vor mir fing Feuer und wurde sofort von der Brandunterdrückungsanlage gelöscht.

„Kass?"

„Reboote das System", erwiderte Kass mit ruhiger Stimme.

Innerhalb von Sekunden hatte ich meine Systeme wieder zurück und alles sah normal aus. „Was war das?"

„Ich weiß es nicht."

„Irgendetwas auf den Scannern?", fragte ich, während mein Blick über alles in Sichtweite wanderte und nach feindlichen Schiffen oder irgendetwas Ausschau hielt, das die Quelle des Angriffs gewesen sein könnte.

„Nein."

Das machte keinen Sinn. Das Schiff schepperte um uns herum und zitterte, als befänden wir uns mitten in einem Erdbeben. Ich überprüfte meine Monitore und konnte nicht fassen, was ich sah. „Kass, die gesamte rechte Seite der *Phantom* ist fort."

„Ich weiß."

Er wusste es? „Wurden wir getroffen?"

„Nicht von außen."

„Was?" Sirenen erschollen in der kleinen Kabine und das Notenergiesystem des Schiffes übernahm. Es schaltete meine Station komplett aus und leitete sämtliche Notenergie zu Kass' Steuerelementen. Mein Fluganzug reagierte auf die Befehle des Schiffes, indem sich der Helm hob, um meinen Kopf zu schützen.

Das Kontrollpaneel vor mir zuckte und ruckte, womit meine behandschuhten Hände gezwungen wurden, sich zu heben.

„Ich kann die Steuerelemente nicht bedienen."

„Festhalten!"

Ein Kreischen, wie ich es noch nie gehört hatte, füllte das Cockpit. Zwei Herzschläge später war mein Helm eingerastet, das Paneel über meinem Kopf wurde von vorbeifliegenden Trümmern zerrissen und die Atmosphäre aus dem Cockpit gesogen. „Kass? Geht es dir gut?"

„Mir geht's gut. Aber jemand hat eine Bombe auf diesem Schiff platziert. Und wir wissen beide wer."

Ich sah auf und aus der Stelle hinaus, wo eigentlich die Decke des Cockpits hätte sein sollen, und erblickte nichts außer leerem Weltraum. Und Sternen. Sich drehenden Sternen.

„Wir drehen uns."

„Das tun wir." Kass' Stimme war ruhig, aber gestresst. „Genauso wie bei der Trainingsmission auf Gamma 479, als wir einen Flügel verloren."

Richtig. Wir hatten das schon einmal durchgestanden. *Atme.* „Hast du das hier unter Kontrolle?"

Ich war nicht auf meinem Sofa vor meinem Fernseher. Wir waren im Weltall. Dieser Absturz würde tatsächlich wehtun, wenn wir überhaupt überlebten.

„Ich werde uns auf den Boden befördern, aber wir werden uns von Innen in das System der Mondbasis hacken müssen. Diese Bombe hat unsere Langstrecken-Kommunikationssysteme zerstört."

Und unsere Fähigkeit, zu fliegen. Meine Fähigkeit, meinen Job zu tun.

„Klasse." Ich stützte mich auf dem Sitz des Kopiloten ab und rückte ihn wieder neben Kass in Position. Ich musste es ihm jetzt sagen. Ich musste einfach. Nur für den Fall. „Es tut mir leid, Kass. Es tut mir leid, dass ich an dir gezweifelt habe."

Er ließ seinen Blick zu mir schweifen. „Du glaubst mir jetzt?"

„Ja. Das tue ich." Ich holte tief Luft und sagte die Worte, die ich nie wieder zurücknehmen könnte. „Ich liebe dich, Kassius Remeas. Ich liebe dich."

Seine Augen weiteten sich, sein Kiefer verspannte sich. „Das sagst du mir jetzt?"

Ich konnte mir das verlegene Lächeln nicht verkneifen. „Ja, also bring uns nicht um. Okay?"

Er gluckste. „Verstanden, Verbundene."

Selbst jetzt, angespannt und verängstigt und nervös, erdete mich diese Stimme.

Kass rang mit dem Schiff um Kontrolle, während der eigenartig hübsche Mond auf seinem Bildschirm immer größer wurde. Ich dachte, wir würden es schaffen, das glaubte ich wirklich, bis die Kanonen, die an der Mondbasis montiert waren, plötzlich zum Leben erwachten und direkt auf uns zielten.

„Oh Scheiße. Kass?"

„Deckung! Wappne dich!", brüllte er.

Helles Licht schoss aus den Kanonen und Kass gelang es irgendwie, durch Glück oder Können oder göttliche Intervention, die Phantom so tief zum Boden zu lenken, dass das Feuer der Waffen wie Lichtblitze über das Schiff hinwegfegte.

Das Rattern in meinem Kopf war schmerzhaft, als Kass die *Phantom* während einer holprigen Landung auf die Seite legte. Wir trafen auf Felsen. Hart.

Dicke Schrauben hielten meinen Stuhl an Ort und Stelle, während die Ausrüstung unter meinen Fingern fortgerissen und von dem Schiff weggeschleudert wurde.

„Fuck! Festhalten!" Kass hätte mir den Befehl nicht zurufen müssen. Ich umklammerte bereits die breiten Gurte, die sich vor meiner Brust kreuzten, das Einzige, das ich erreichen konnte. Meine Füße baumelten vor mir und ich konnte bloß das All sehen, während unser Schiff auf der rauen Oberfläche aufschlug und schließlich schlitternd hielt. Die *Phantom* lag auf der Seite, meine Hälfte des Schiffes war geöffnet und fast vollständig verschwunden.

„Mia?" Bevor ich den Stopp registriert hatte, griff Kass mit zitternden Fingern nach mir. Er öffnete den Gurt, zog mich aus dem Sitz und in seine Arme. „Bist du verletzt?"

Ich nahm eine Bestandsaufnahme vor. Erschüttert? Ja. Verletzt? „Nein. Mir geht's gut." Ich schlang meine Arme um ihn und drückte ihn lange Sekunden an mich, während ich darum kämpfte, meine hektische Atmung zu beruhigen. „Was… was ist gerade passiert?"

„Die Bombe hat unseren Tarnmodus und Kommunikationswege zerstört. Das Verteidigungssystem der Mondbasis sah uns und schoss uns aus dem All."

Ich zitterte. Ich blutete zwar nicht, aber ich war erschüttert. Gewaltig. „Denkst du wirklich, dass Sponder eine Bombe auf unserem Schiff deponiert hat?"

Kass schüttelte den Kopf. „Das ist die einzige Erklärung."

Ich lehnte mich an seine Brust und gab mir die Erlaubnis, mindestens eine Minute nur ruhig zu atmen. „Warum sollte er das tun? Du warst nicht einmal auf dem Schiff. Du warst im Gefängnis."

„Du warst es nicht", konterte er mit grimmiger Stimme. „Die einzige Art, auf die er mir wirklich wehtun kann, Mia, besteht darin, dich zu verletzen. Er weiß das."

„Das ist verrückt. Und nicht wahr." Ich hatte ihm gesagt, dass ich ihn liebe, und er hatte es *nicht* erwidert. Ja, er war zu dem Zeitpunkt damit beschäftigt gewesen, unser Leben zu retten, aber dennoch, eine Frau hatte Bedürfnisse.

„Das ist es sehr wohl, meine Mia. Ohne dich bin ich nichts. Ich habe kein Zuhause, keine Familie. Ich habe die Flotte und ich habe dich. Frag mich, was von beidem wichtiger ist."

Verdammt, ich schluckte den Köder. „Was ist wichtiger für dich?"

Sein Blick begegnete meinem. Hielt ihn. „Du, Liebes. Ich liebe dich auch."

Ahhh. Alles in mir schmolz dahin und ich erlaubte dem Gefühl, mich zu durchfluten. Ich verdiente diesen Moment. Wir beide taten das. „Ich wünschte, ich könnte diesen Helm ausziehen und dich küssen."

Kass drückte mich fest. „Wenn wir diese Anzüge ausziehen, werde ich sehr viel mehr tun, als dich küssen."

„Ich werde dich daran erinnern."

„Ich lüge nicht, weißt du noch?"

Wir kamen stillschweigend dazu überein, uns umzudrehen, um zu inspizieren, wie wir dieses Wrack verlassen konnten.

„Wir können dort durchkrabbeln." Ich deutete zu einem besonders großen Loch in der Nähe des Schiffsendes.

„Ja." Kass griff hinter mich und zog ein tragbares Missions-Kit aus einem großen Schrank, der zum Glück noch ganz war. Im Inneren des Kastens würde sich die Ausrüstung befinden, die wir bräuchten, um uns in das automatisierte System der Basis zu hacken, uns mit diesem zu synchronisieren und es auszuschalten.

Ich war nicht daran gewöhnt, dies abseits vom Computer zu tun, aber ich konnte vor Ort arbeiten. Ich hatte mir nur nie ausgemalt, dass ich es einmal auf einem Mond tun würde.

Kass nahm meine Hand und half mir, mich durch die Öffnung zu ziehen, sodass ich kurz darauf auf der harten Oberfläche des Mondes stand. Es war, als würde ich auf einer Gusspfanne laufen, die allerdings rot und nicht schwarz war.

Ich stampfte mit dem Stiefel auf und bereute es, als mich der Rückstoß so hoch in die Luft katapultierte, dass ich Kass in die Brust hätte treten können, ohne es auch nur zu versuchen. Ich landete mit einem sanften *Bums*. Fantastisch. „Dieser Mond ist so hart wie ein Stein."

„Er *ist* ein Stein."

Das brachte mich zum Lächeln, während das Schiff vom Schuss einer Laserkanone getroffen wurde. Die Waffe war auf der Basis montiert. Wir duckten uns und rannten tief geduckt über den Boden, während das automatisierte System der Basis damit fortfuhr, auf das zu feuern, was von unserem Schiff übrig war. Die verlassene Mondbasis sah auch vom Boden wie ein riesiger Blutegel aus. Lang und segmentiert wie ein Wurm, die Enden liefen spitz in Richtung der Oberfläche des Mondes zu, vielleicht reichten sie sogar unter diese.

„Warum ist diese Basis so hässlich?"

„Die velerischen Ingenieure haben sich nicht um die Ästhetik gekümmert. Die schalenförmige Struktur kann in Bereichen, wenn nötig, eingezogen werden und die gebogene Panzerung ist effektiver gegen willkürliche Weltraumtrümmer. Eine gerade Wand würde größeren Schaden nehmen. Damit können viele der Aufprallkräfte teilweise umgeleitet werden."

Wir waren auf halbem Weg zum nächsten Segment gebogener Wand, als unser Schiff explodierte. Das mussten die Treibstofftanks gewesen sein. Es war nichts mehr übrig außer der Hülle. Eine verbrannte, krosse Hülle. „Asche zu Asche und Staub zu Staub, *Phantom*. Du warst ein gutes Schiff", sagte ich. Jetzt saßen wir auf dem Mond fest.

„Wir werden ein anderes kriegen", sagte Kass, der mich hinter sich herzog.

„Das nächste nenne ich *Bad Bitch*, damit sich niemand mit ihr anlegt."

Ich hörte Kass' Lächeln in seiner Stimme. „Das ist ein schrecklicher Name für ein Schiff. Du hast die *Phantom* benannt. Ich denke, ich sollte dem nächsten seinen Namen geben."

Wir rannten zur Seite der Basis und lehnten uns an die glatte Wand, um zu Atem zu kommen. „Ach ja? Und wie würdest du das Schiff nennen?" Ich überprüfte meine Sauerstoffwerte und schloss vor Erleichterung die Augen, als alles normal war. In das Futter der Anzüge waren komplexe Lebenserhaltungssysteme eingebaut und alle möglichen Daten, die ich nicht verstand, liefen über das Visier. Ich war keine Biochemikerin. Im Spiel hielten diese Weltraumanzüge die Spieler mehrere Tage mithilfe komplexer Recyclingtechnologie am Leben. Ich hoffte, dass das auch im echten Leben der Fall war. Und ich würde nicht fragen. Wenn es *nicht* der Fall war, wollte ich es *nicht* wissen.

„Ich dachte, ich würde sie nach deiner liebsten Sache im Universum benennen." Kass drehte sich zur Wand und beförderte von irgendwoher einen kleinen Schneidbrenner zu Tage. Er war ein Weltraumpfadfinder. Er hatte ein Loch, das so groß war, dass man hindurchkrabbeln konnte, halb fertiggestellt, als ich mich trotz besseren

Wissens meiner Neugierde hingab und beschloss, den Köder zu schlucken.

„Wir können unser neues Schiff nicht Kassius nennen."

Er lachte, aber konzentrierte sich weiter auf seine Aufgabe. „Ich wusste, du liebst mich."

Also war er witzig und lässig und charmant und er lenkte mich vollkommen von dem Gedanken ab, dass wir auf diesem dämlichen Mond sterben würden. „Alles klar, ich beiße an. Was ist meine liebste Sache im Universum?"

Er beendete den Schneideprozess, trat ein Loch in die Wand und das dicke Stück, das er rausgeschnitten hatte, fiel scheppernd in das dunkle Interieur der Basis.

„Gerechtigkeit."

KAPITEL 11

Kass

Ich schaltete den Laserbrenner aus und setzte die Kappe wieder auf, bevor ich das Handgerät zurück in sein Holster an meiner Hüfte schob. Mia stand mit dem Rücken an die Basiswand gelehnt da, als ich die äußere Hülle eintrat, um uns Zugang zu verschaffen.

Sie hatte gesagt, ich sei ihre liebste Sache im Universum.

„Gerechtigkeit. Das gefällt mir." Mia hielt ihre Pistole bereit und gab mir Rückendeckung. Dazu bestand kein Bedarf. Zumindest noch nicht. Die Basis war unbemannt und automatisiert, aber die Explosion unseres Schiffes hatte vermutlich das Sicherheitsnetzwerk der Dunklen Flotte auf unsere Anwesenheit aufmerksam gemacht. Solange wir uns nicht vor eine der Laserkanonen stellten und das Ding anflehten, uns zu erschießen, sollte uns nichts geschehen. Die Verteidigungsmechanismen der Basis waren dazu geschaffen worden, Schiffe auszuschalten, nicht Individuen zu Fuß.

Dennoch waren das überholte Informationen. Niemand von Velerion hatte diesen Mond betreten, seit die Dunkle Flotte Xenon angegriffen und die Kolonisten zu Fabriksklaven gemacht hatte. Wir hatten auch nicht vorgehabt, den Planeten zu Fuß zu betreten, aber Pläne änderten sich.

Ich schwang den Träger der Ausrüstungstasche von meiner Schulter und stellte die schwere Masse gerade auf die andere Seite der Öffnung, die ich in die Wand geschnitten hatte. Ich trat als Erster hindurch, um mich zu vergewissern, dass sich keine versteckten Waffen in der Wand befanden, und bedeutete Mia, dass sie sich mir anschließen sollte. Während sie meine Hand nahm und über die Reste der unteren Wand trat, machte ich mich daran, die tragbare Kommunikationseinheit aufzubauen.

„Wir müssen Jennix Bescheid geben, dass wir nicht tot sind."

„Gute Idee."

Nachdem alles aufgebaut worden war, aktivierte ich die Kommunikationseinheit, obwohl ich damit vermutlich eine Zielscheibe auf unsere Rücken malte, falls die Dunkle Flotte diese Gegend scannte. „Anführerin der Gruppe Fünf, hier spricht MCS Eins; bitte melden."

„Hier spricht Anführerin der Gruppe Fünf. Ich höre."

„Wir haben die *Phantom* verloren, aber die Mission ist auf Kurs. Wir befinden uns in der Basis."

„Vega sei Dank." Die Erleichterung in ihrer Stimme war nicht zu überhören. „Benachrichtigen Sie uns, wenn

Sie bereit sind und abgeholt werden wollen. Ich werde Gruppe Zwei alarmieren. Wir werden das Kraftfeld von hier überwachen."

„Verstanden."

„Und Sternenkämpfer?"

Innerlich wurde ich ganz ruhig. Die Generalin hatte mich als Sternenkämpfer bezeichnet trotz der Tatsache, dass ich eigentlich in diesem Moment in einer Gefängniszelle verrotten sollte. Sie war auf unserer Seite. Ich hegte keinerlei Zweifel daran, dass sie mir helfen würde, Sponder zu Fall zu bringen, wenn ich ihr erst einmal alles erzählt hatte.

„Ja, Generalin?"

„Wir sind alle froh, dass wir Sie nicht verloren haben. Bleiben Sie wachsam und sicher."

„Verstanden. MCS Eins out."

Da das erledigt war, ging ich in die Hocke und half Mia, den Rest unserer Ausrüstung auf dem glatten, kalten Boden aufzubauen. Alles im Innern der Basis bestand aus dem gleichen matten Schwarz wie das Äußere. Öde. Langweilig. Die Basis sah vom Weltraum wie ein dunkler, krebsartiger Schandfleck aus, wenn man wusste, wo man nachschauen musste.

Mia saß mit dem Rücken an der Wand da und hatte unsere Hackerausrüstung auf ihrem Schoß ausgebreitet. Ich nahm die Kommunikationseinheit und Sensoren und baute mein kleines Operationszentrum auf. Nachdem ich die Scanner aktiviert hatte, atmete ich erleichtert auf. Wir waren allein, zumindest für den Moment. Falls Königin Raya Soldaten auf der Basis stationiert hatte, so wurden sie von unseren Scannern nicht wahrgenommen.

„Alles klar?", fragte sie, weil sie höchstwahrscheinlich das Gleiche dachte.

„Bis jetzt schon. Wie lange brauchst du?"

Sie zuckte mit den Achseln. „Ich weiß es nicht. Ich habe das noch nie gemacht."

Sie räusperte sich und ich schaute zu ihr. „Was gibt's?"

„Warum hast du der Generalin nicht von Sponder erzählt?"

„Über den offenen Kommunikationskanal? Nein. Ich will nicht, dass er eine Chance zur Flucht erhält."

„Okay." Sie war abgelenkt, ihr Blick huschte auf ihrem Display bereits in Lichtgeschwindigkeit von Raster zu Raster und ihre Finger rasten über die Bedienelemente.

„Außerdem müssen wir uns mit wichtigeren Dingen beschäftigen. Gib mir sofort Bescheid, wenn du es in ihr System schaffst oder…" Meine Stimme verstummte, aber ich musste den Gedankengang nicht zu Ende führen.

„Oder es wird nichts mehr von uns übrig sein, wenn jemand herkommt, um uns zurückzufliegen?"

„Genau."

Einer meiner Scanner piepte und ich blickte nach unten. „Oh fuck."

Mias Hände stellten ihre Bewegungen nicht ein, während sie sich in ihrer Aufgabe verlor. „Was ist los?"

Ganze zehn Sekunden rang ich mit mir, ob ich ihr die Wahrheit erzählen sollte, bis sie stoppte und zu mir schaute. Wirklich zu mir *schaute*.

„Kass?"

Fuck. Selbst durch das Visier waren ihre braunen

Augen wunderschön. Wie konnte ich ihr nur beibringen, dass wir gleich sterben würden?

Mia neigte den Kopf auf die Seite und ihre Augen wurden schmal. „Kass, sag mir, was zur Hölle los ist. Jetzt sofort."

Ich seufzte. Ich liebte diese Frau und konnte nichts vor ihr geheim halten. „Das automatisierte System der Basis hat gerade ein Warnsignal nach Xandrax geschickt."

„Königin Rayas Planet? Was bedeutet das?"

„Es dauert vier Minuten, bis das Signal dort ankommt. Zwei oder drei Minuten, bis sie entscheiden, uns an diesem Ort in die Luft zu jagen. Vier Minuten, bis der Befehl diese Basis erreicht."

Ihre Augen weiteten sich, während sie nachrechnete. „Also müssen wir in den nächsten zehn Minuten diesen Stein verlassen, ansonsten sterben wir?"

„Bestenfalls."

„Scheiße."

Unsere Blicke trafen und hielten sich. „Was möchtest du tun? Ich kann jetzt ein Schiff herrufen. Uns von hier wegbringen."

Mia rührte sich nicht, während sie unsere Optionen abwog. „Tu es, aber ich gehe nicht, bis wir unsere Aufgabe erledigt haben. Wenn wir den Schildgenerator dieser Basis nicht ausschalten, ist die ganze Mission ein Fehlschlag. All diese Leute dort unten werden sich noch immer in Rayas Kontrolle befinden und die IPBRs werden nach wie vor eine Bedrohung sein. Damit kann ich nicht leben."

„Mia, ich kann ohne dich nicht leben." Ich konnte dieses Schicksal für uns nicht akzeptieren. Das würde ich nicht tun. „Ich rufe ein Schiff her und gebe ihnen Bescheid, dass wir in sechs Minuten abfliegen müssen. Wenn du nicht fertig bist, werde ich dich über meine Schulter werfen und selbst auf das Shuttle tragen."

„Sechs Minuten sind eine Ewigkeit."

„Hör zu reden auf und mach dich an die Arbeit. Sechs Minuten."

Mia senkte den Kopf und konzentrierte sich auf die Aufgabe, sich in das Operationssystem der Mondbasis zu hacken, während ich in meinem Visier einen Timer stellte. Im schlimmsten Fall würden wir nach acht Minuten wegrennen und so viel Distanz wie möglich zwischen uns und die Basis bringen müssen in der Hoffnung, dass die Bombe oder Rakete klein war, die Königin Raya schicken würde, um diesen Ort zu zerstören. Zudem müssten wir beten, dass der Shuttle-Pilot, den Gruppe Zwei schickte, um uns abzuholen, gut war. Wirklich verdammt gut.

Ich wartete. Ungeduldig. Ich traute meiner Bindungsgefährtin zu, diese Aufgabe zu erledigen. Dennoch, fuck… die Uhr tickte. Zwei Minuten und siebenundzwanzig Sekunden der Stille.

„Ich bin drin." Mias Worte beschleunigten meinen Herzschlag. Nur ein wenig. „Zeit?"

„Zwei siebenundzwanzig."

„Okay. Das schaffe ich."

Eine Minute verging.

Noch eine.

„Mia?"

„Sprich nicht mit mir."

Fuck.

Ich konnte nicht still bleiben. „Wir haben gerade fünf Minuten erreicht."

„So einen Verschlüsselungscode habe ich noch nie gesehen."

„Neunzig Sekunden und wir müssen von hier verschwinden."

„Nein. Ich habe es fast geschafft. Ich habe eine Idee. Es ist weit hergeholt, aber –"

„Achtzig. Neunundsiebzig. Achtundsiebzig."

„Halt die Klappe."

„Mia. Ich werde dich hier rausschleifen."

„Noch nicht."

Fuck. Fuck. Fuck. Helle Warnlichter blinkten auf meinen Scannern auf. Es war das, was ich befürchtet hatte: ein Bioleuchtsprengkopf war auf dem Weg zu unserem Standort. Die schlechte Nachricht? Die Waffe würde alles Organische in ein Häufchen Asche verwandeln, aber die Basis würde intakt und das Schild an bleiben und die Dunkle Flotte wäre weiterhin geschützt. Die gute Nachricht war, dass wir über eine Minute länger als geschätzt hatten. „Geschoss im Anflug."

„Ruf dieses Schiff her", sagte sie.

Fuck sei Dank. Ich erhob mich und aktivierte meine Kommunikationseinheit. „Anführerin der Gruppe Fünf, hier spricht MCS Eins. Wir benötigen eine Notevakuierung."

„MCS Eins, hier spricht der Führungsstab. Wir verfolgen einen Bioleuchtsprengkopf auf dem Weg in Ihre Richtung. Einschlag in zwei Minuten." Generalin Jennix' Stimme klang besorgt, aber nicht überrascht von der Entdeckung, dass Königin Raya gewillt war, sämtliche Männer zu opfern, die sie auf dieser Mondbasis stationiert hatte, nur um uns auszuschalten.

„Ja, Generalin. Dessen sind wir uns bewusst. Wir sind im System. Wir werden das Schild in…" Ich blickte zu Mia.

„Jetzt."

„Jetzt, Generalin. Das Schild sollte jetzt deaktiviert sein."

„Exzellent."

„Verlange Notevakuierung von diesem Standort." Ich teilte unseren Standort der velerischen Flotte mit, während sich Mia erhob, um sich neben mich zu stellen.

„Verstanden. Reiche Sie an Gruppe Zwei weiter. Ich habe Sie über Ihre Situation benachrichtigt. Sie sollten ein Shuttle abrufbereit haben."

Team Zwei waren die Shuttle-Teams, die dem Befehl von Kapitän Sponder unterstanden. Wie ironisch, dass das Arschloch, das versucht hatte, uns zu töten, unser Leben retten würde müssen. Eines der Shuttle musste nah genug sein, um schnell nach unten stoßen und uns abholen zu können. Das war Teil des Plans gewesen, eine Möglichkeit für den Fall, dass irgendetwas schiefging. Eine letzte Option für den Fall, dass Mia in Schwierigkeiten geriet. Ich sollte jetzt eigentlich im Gefängnis sitzen, doch Mia war eine Sternenkämpfer-MCS. Ein Trumpf, den Generalin Jennix nur äußerst schwer ersetzen könnte. Wir hatten den Wert unserer Sternenkämpfer-Teams auf die harte Tour kennengelernt, als wir sie bei Königin Rayas heimlichem Angriff verloren hatten.

„Hier spricht Gruppe Zwei. Ich höre."

„Hier spricht Sternenkämpfer-MCS *Phantom*. Wir

brauchen eine Notevakuierung. Uns bleiben noch neunzig Sekunden bis zum Aufprall."

Ich erwartete eine kurze, effiziente Antwort. Stattdessen hörte ich eine monotone Stimme, die ich nur allzu gut kannte, Kapitän Sponder. „Sternenkämpfer-MCS Remeas?"

„Jawohl."

„Hier spricht der Anführer der Gruppe Zwei. Als wir den Kontakt zur *Phantom* verloren, wurde das Shuttle-Team, das in der Nähe der Mondbasis stationiert war, zu einer medizinischen Evakuierung abgerufen. Ich habe kein Schiff vor Ort, das Sie rechtzeitig erreichen kann, *Phantom*. Geschätzte Ankunftszeit des nächsten Shuttle-Teams liegt bei sieben Minuten. Der Einschlag der Bioleuchtwaffe würde jegliche sich nähernden Shuttles ausschalten. Ich kann kein Team zu Ihnen schicken. Es ist zu gefährlich."

„Was?" Mias Keuchen veranlasste mich dazu, vor Schuld eine Grimasse zu schneiden. Wäre ich nicht, hätte Kapitän Sponder, der Anführer der Gruppe Zwei, getan, was er tun sollte. Ein Shuttle hätte in der Nähe bereitgehalten werden sollen, damit es in weniger als einer Minute herkommen konnte, so wie es die Missionsparameter verlangten, ganz gleich, ob unser Schiff nun abstürzte oder nicht. Stattdessen würde er sich irgendeine beschissene Ausrede einfallen lassen und niemand wäre in der Lage, zu beweisen, dass er etwas falsch gemacht hatte, denn sämtliche Beweise für die Bombe, die er auf Mias Schiff verstaut hatte, würden zerstört werden und Mia wäre tot.

Fuck.

Natürlich wäre sie bei seinem ursprünglichen Plan jetzt schon gestorben.

Es war keine Zeit für Diskussionen. Keine andere Gruppe hatte ein Schiff vor Ort, das uns helfen könnte. Diese Verantwortung war Gruppe Zwei übertragen worden. Sponders Gruppe.

„Wir müssen fliehen, Mia!"

„Scheiße. Er weiß, dass ich Bescheid weiß. Er wollte mich wirklich von Anfang an tot sehen." Sie stand auf und ließ ihre Ausrüstung zurück. Wir würden sprinten und so schnell rennen, wie wir konnten, aber es würde nicht schnell genug sein.

„Ja und damit ich leide, weil ich weiß, dass du sterben wirst. Komm." Ich nahm Mias Hand und zog sie aus der Mondbasis und auf die Oberfläche.

„Wir können nirgendwohin fliehen, Kass."

Ich scannte den Horizont, suchte verzweifelt nach einem Felsvorsprung, einer Spalte im Boden, irgendetwas, das uns auch nur die kleinste Überlebenschance bieten würde. „Renn zum Schiff."

Hand in Hand sprinteten wir über die Oberfläche des Mondes zu den Überresten unseres Schiffs. Wenn wir uns hinter dem Wrack verstecken könnten, wenn wir uns vielleicht irgendwo im Inneren hinter dem Rumpf verbergen könnten, würden wir die Bioleuchtwaffe, die auf uns zugeflogen kam, eventuell überleben.

Mia entriss mir ihre Hand, rannte voraus und legte einen Zahn zu. Ich folgte ihr, da ich nicht vor ihr rennen wollte. Wenn wir schon sterben würden, würde ich wenigstens sterben, während ich Mia abschirmte.

„Ich weiß, das ist nicht die beste Zeit…" Mia keuchte die Worte, während wir um unser Leben rannten.

„Ich bin hier."

„Es ist verrückt. Und dämlich. Und macht keinen Sinn. Aber ich liebe dich. Wenn ich jetzt sterbe, bin ich froh, dass es mit dir geschieht. Ich bereue nichts, Kass. Ich will, dass du das weißt."

Ihre Atmung ging abgehackt, während wir über den Mond sprinteten.

„Ich liebe dich Mia. Und es tut mir leid. Es tut mir so verdammt leid. Sponder schickt wegen mir niemanden." Das Alarmsystem in meinem Visier sandete eine Warnung und ich blickte in den Weltraum. „Da ist sie."

Mia sah ebenfalls auf und ich wusste ganz genau, was sie zum Keuchen brachte. Die Bioleuchtwaffe war deutlich sichtbar, da ihr kometenartiger Schweif eine strahlend blaue Lichtspur hinterließ. „Oh Scheiße."

„Bleib in Bewegung."

„Wir werden es nicht schaffen." Mia rannte trotz ihrer düsteren Vorhersage weiter. „Und es ist nicht wegen dir. Er arbeitet mit dem Delegierten Rainhart zusammen. Sponder. Er ist ein Verräter und er hatte Angst, ich würde dahinterkommen."

„Was?" Ich stolperte und fiel beinahe hin. „Nein, Mia. Was willst du damit sagen?"

Ihre Worte ergossen sich in einem Schwall aus ihrem Mund, während sie um Atem rang. „Sponder. Er arbeitet seit mindestens drei Jahren mit Rainhart zusammen. Schon bevor die ursprüngliche Sternenkämpfer-Basis angegriffen wurde. Er ist ein Verräter. Er war nervös, als Jennix ihm mit dieser Sicherheitsprüfung drohte, aber nach heute weiß er, dass ich es weiß."

Meine Gedanken gingen drunter und drüber, während ich versuchte, mir einen Reim auf das zu machen, was sie mir erzählte. „Woher sollte er das wissen?"

Fünfundzwanzig Sekunden und die *Phantom* war noch mindestens dreißig Schritte entfernt.

„Ich habe auf dem Weg hierher Generalin Jennix einige Informationen geschickt."

Zwanzig Sekunden.

„Mia, warum hast du mir nicht erzählt –"

Eine Lichtexplosion erhob sich direkt vor uns am Horizont des Mondes. Ein Starfighter. „Könntet ihr zwei vielleicht zu plaudern aufhören und eure Ärsche hier rüber schwingen, bevor wir alle in die verdammte Luft gejagt werden."

Mia lachte laut auf, während ich versuchte, mich daran zu erinnern, wo ich die Frauenstimme schon einmal gehört hatte.

„Jamie? Hast du gerade ‚verdammt' gesagt?", fragte Mia, während sie keuchend um Luft rang.

Das waren Jamie und Alexius?

„Ja. Also schwingt eure Ärsche hierher. Ich mag mein Schiff fast so sehr wie dich. Zwing mich nicht, zu wählen."

Ein kleiner Starfighter kam näher, dann schwebte er nur wenige Zentimeter über dem Boden, fast so weit entfernt, dass er außer Reichweite der Bioleuchtwaffe war. Fast. Weder Mia noch ich verlangsamten unsere Schritte, während sich an der Seite eine kleine Tür öffnete. Es gab keine Rampe, nur Alexius, der seinen Arm nach uns ausstreckte.

Mia griff als Erste nach oben und Alexius zog sie in das Schiff, während ich folgte, indem ich hinter ihr an Bord sprang. Alexius vergewisserte sich, dass ich in

Sicherheit war, bevor er die Tür zuschlug und sich an uns vorbeiquetschte. Es war eng, aber ich drückte Mia an meine Brust, als sich Alexius hinter sie und wieder auf den Sitz des Kopiloten schob. Hinter den beiden gab es zwei Notsitze, die einander zugewandt waren und gerade so viel Platz boten, dass Mia und ich vielleicht nicht mit den Knien aneinander reiben würden.

Ich zog Mia zu den Sitzen und wir setzten uns sofort hin.

„Anschnallen. Das könnte holprig werden."

„Fünf Sekunden", sagte ich, als ich die Zeit überprüfte. Fuck.

„Festhalten!", brüllte Jamie die Warnung, während ihr Schiff wie ein Lichtstrahl davon schoss und von der Oberfläche des Mondes wegflog.

Ich beobachtete den Countdown in meinem Visier.

Vier.

Drei.

Zwei.

Eins.

Das Schiff ruckte und wackelte, als würden wir über eine Felsklippe purzeln. Irgendwie behielten Jamie und Alex die Kontrolle über das Schiff. Dessen äußere Hülle schützte uns vor dem Schlimmsten der Explosion und die Temperatur in ihrem Starfighter stieg gerade so weit an, dass ich mich unwohl fühlte. Aber unsere Haut war nicht von unseren Körpern geschmolzen, weshalb ich das als Sieg verbuchte.

Ich hatte nur eine Seite meines Gurtes angeschnallt. Mia hatte weniger Glück, ihr Körper schwang wild hin und her, während sie sich mit ihren behandschuhten Händen an die Schultergurte klammerte. Sowie wir eine stabile Position eingenommen hatten, griff ich nach ihrem Bein und zog sie wieder auf ihren Platz. Sie schnallte den Gurt mit zitternden Fingern an, während ich sie festhielt.

„Danke." Sie grinste mich an und ich seufzte vor Erleichterung. Sie war unversehrt. Vega sei Dank.

„Jederzeit, meine Mia."

Eine Stimme drang durch das Kommunikationsgerät des Starfighters. „Sternenkämpfer? Hier spricht Generalin Jennix auf einer sicheren Leitung."

„Ja, Generalin", antwortete Jamie.

„Bestätigen Sie die Rückholung des Sternenkämpfer-MCS-Paares."

Jamie schaute über ihre Schulter zu mir. Mia saß direkt hinter ihr, weshalb die zwei Erdenfrauen keinen Blickkontakt herstellen konnten. Stattdessen griff Jamie mit ihrer Hand nach hinten, die Mia sofort packte.

„Positiv."

„Exzellente Neuigkeiten, Sternenkämpfer. Bringen Sie sie zur *Resolution* zurück, dann fahren Sie mit Ihrer ursprünglichen Mission fort. Ich habe General Aryk über Ihren Umweg informiert, aber Sie dürfen nichts sagen. Die Shuttle-Teams unterstehen jetzt General Aryks Befehl. Soweit Kapitän Sponders weiß, sind Mia und Kassius tot."

Ich schaute zu Mia. Sie beäugte mich.

„Ja, Generalin." Jamie beendete das Gespräch und wir vier saßen einige Sekunden schweigend da. Die Stille konnte den kalten Zorn, der sich wie eine Eisdecke über meine Knochen legte, nicht dämpfen.

„Er hat dich beinahe umgebracht", sagte ich. „Nicht nur einmal, sondern zweimal." Ich hatte Sponder zuvor schon gehasst, aber jetzt… er hatte Mia umbringen wollen. Mich? Ich wusste, dass er es auf mich abgesehen hatte, aber nicht… *niemand* schadete meiner Bindungsgefährtin.

Vor der Bombe war es meine Mission gewesen, mich von Sponder zu befreien. Jetzt würde er untergehen.

KAPITEL 12

Mia

Jamie und Alex flogen die *Valor* mit offenen Kommunikationskanälen zurück zum *Battleship Resolution*, damit wir alle hören konnten, was vor sich ging. Als unser Schiff explodiert war, war die Mission vorübergehend gestoppt worden. Alle Teams waren bereit für die Schlacht gewesen und hatten nur darauf gewartet, dass die Schilde ausgeschaltet wurden, damit sie mit ihrem Teil der Übernahme von Xenon beginnen konnten. Doch der ganze Plan hatte davon abgehangen, dass Kass und ich die Kontrollsysteme auf der Mondbasis überschreiben konnten. Niemand – einschließlich uns – hatte erwartet, dass wir es per Hand tun würden. Auf der Oberfläche des Mondes.

Oder dass wir den Absturz überlebt hatten. Doch unser Gespräch mit Generalin Jennix hatte dafür gesorgt, dass die Mission nicht abgebrochen oder verschoben worden war. Sowie wir die Kontrollsysteme der Dunklen Flotte auf der Mondbasis ausgeschaltet hatten, war die Mission richtig in Gang gesetzt worden.

Wir hatten überlebt. Wir hatten das Kraftfeld um Xenon ausgeschaltet, das die Dunkle Flotte benutzt hatte, um die velerischen Kräfte daran zu hindern, die Kontrolle über ihre Kolonie und Fabriken zurückzugewinnen. Wir hatten alles getan, was man von uns verlangt hatte, und jetzt war unsere Aufgabe erfüllt.

Während uns Jamie zurück zum Schlachtschiff brachte, hörten wir die Einzelheiten der restlichen Mission. Alles. Den Angriff. Die Verluste. Dass sich die Leute von Xenon nach der Deaktivierung des Kraftfeldes gegen ihre Unterdrücker aufgelehnt hatten und dabei halfen, die Bodentruppen, die Königin Raya unterstanden, sowie die Schiffe der Dunklen Flotte zu überwältigen, die ihr dienten.

Es war ein schneller Angriff. Ein schneller Sieg. Ich konnte mir nur ausmalen, wie erpicht die Kolonisten von Xenon auf ihre Befreiung gewesen waren.

Jamie und Alex blieben nicht lange in der Landebucht, sondern ließen die *Valor* nur darüber schweben, damit wir die Rampe hinablaufen konnten, bevor sie wieder eingezogen wurde. Dann machten sie sich abermals auf den Weg.

So wie auch wir. Wir gingen schnurstracks zum Operationszentrum im Kontrollraum des Schlachtschiffes.

In all den Jahren, die ich für den Gesetzesvollzug gearbeitet und dabei geholfen hatte, die Bösen aufzuspüren und zu fangen, hatte ich nie jemanden so dringend hinter Gittern sehen wollen wie Sponder. Ich war Leuten begegnet, die niederträchtig waren. Bösartig. Gewissenlos. Aber ich hatte keinen von ihnen gehasst.

Ich hasste Kapitän Sponder.

Wenn es um Kass ging, war ich sehr besitzergreifend. Wahnsinnig besitzergreifend. Zu wissen, dass es Sponder auf Kass abgesehen und er ihn fast von mir ferngehalten hatte, machte mich fuchsteufelswild. Aber zu wissen, dass Sponder tatsächlich Beweise gefälscht hatte, damit er für etwas, das er nicht getan hatte, im Gefängnis verrottete, veranlasste mich dazu, meine Fäuste zu ballen, und ich war bereit, ihm die Nase erneut zu brechen. Und Kass war nur die Spitze des Eisbergs. Ich wusste nicht viel über das, was dem velerischen Volk in den letzten zwei oder drei Jahren widerfahren war, aber Sponder hatte vermutlich tausende von Leuten umgebracht. Tausende. Er war abgrundtief böse.

Doch Kass? Er war über den Zorn, den ich hegte, weit hinaus. Sein Kiefer war angespannt, sein Gesicht eine harte Maske. Er hatte seine eigene Mission. Nichts, nicht einmal Kommissar Gaius, würde ihn dieses Mal stoppen. Onkel hin oder her, Sponder war dem Untergang geweiht.

Wir suchten uns in schnellem Tempo einen Weg durch das Labyrinth an Korridoren, um zum Operationszentrum zu gelangen. Die Türen glitten leise auf, doch in dem Raum herrschte geschäftiges Treiben und ein hoher Lärmpegel. Es sah aus wie der NASA-Kontrollraum in Houston in Filmen. Eine der vorderen Wände war mit Kommunikationsbildschirmen bedeckt, von denen jeder einen anderen Teil der Mission zeigte. Bodenkämpfer. Kämpfe in der Luft. Alles geschah gleichzeitig. Das hier war der Ort, an dem alles simultan beobachtet werden konnte.

Und alle würden sehen, was als Nächstes geschehen würde.

Kass stoppte gerade innerhalb des Einganges. Sein Blick scannte den Raum, bis er sich wie eine IPBR, die einen Planeten im Visier hatte, auf Sponder heftete, der sich an Bord der *Resolution* befand, an seiner Kommandostation saß und sehr selbstzufrieden aussah. Er dachte, wir wären tot. Er glaubte, sein Verrat wäre unbemerkt geblieben. Erneut.

Kass marschierte um die Reihen an Bedienpulten und stoppte neben dem Mann. Sponder sah auf, seine Augen weiteten sich und er erhob sich. Tatsächlich sprang er viel schneller auf, als ich es bei jemandem seines Alters erwartet hätte.

„Sie gehören ins Gefängnis", sagte Sponder. Seine Nase war schief und geschwollen und in wenigen Stunden würde er von Kass' Kopfnuss zwei blaue Augen haben.

„Sie gehören unter die Oberfläche."

Die Mission fuhr um uns herum fort, doch Jennix kam zu uns. Genauso wie ein weiterer General – davon ging ich aus, weil sie die gleichen Uniformen trugen.

„MCS, das ist nicht der richtige Zeitpunkt", sagte Jennix.

Kass ließ sich eine Sekunde Zeit, doch schließlich hob er seinen Blick von Sponder. Er schaute über die Schulter des Arschlochs zu Jennix.

„Doch, das ist er, Generalin. Kapitän Sponder hat mich mit gefälschten Beweisen hinter Gitter gebracht, eine Bombe auf der *Phantom* deponiert, die nicht nur dazu gedacht war, die gesamte Mission zu vereiteln, sondern auch Mia und den anderen Piloten zu töten. Und er hat sich geweigert, uns von der Oberfläche des Mondes abzuholen, damit er seine Verbrechen vertuschen konnte."

Während Kass sprach, begann Sponder zu stottern und alles abzustreiten.

„Wer weiß schon, auf welche anderen Arten er Velerion noch sabotiert hat? Oder diese Mission."

Jennix zuckte nicht einmal mit der Wimper.

„Warum sollte ich den Worten eines MCS trauen, der betrogen hat?", fragte Jennix. Sie kannte die Wahrheit. Ich konnte es in ihren Augen sehen, aber sie genoss es, Sponder zappeln zu lassen. Genauso wie ich.

„Unschuldig, bis zum Beweis der Schuld, Generalin", antwortete Kass.

Sie verschränkte die Arme vor der Brust. „Das Gleiche könnte von Sponder behauptet werden."

„Ich verlange seine sofortige Entfernung aus der Kommandozentrale!", sagte Sponder.

Jennix blinzelte nicht einmal. Ich fasste den ununterbrochenen Blickkontakt zwischen Kass und der Generalin als Zeichen auf. Ich lief hinab zu dem Trio und nickte dem neuen General zu – Aryk, glaubte ich, denn er war derjenige, der auf Jamies Bildschirm zu sehen gewesen war, als sie das Spiel gewonnen hatte.

Ich verschränkte die Arme vor der Brust und ließ den Hass durch mein Blut brodeln. „Sponder ist ein Verräter und Lügner, Generalin, und ich habe die Beweise gefunden", sagte ich. „Sie haben die Beweise. Alle. Ich habe Sie Ihnen geschickt."

Sponder verstummte.

„Und Sponder hatte den Beweis, um Sie verhaften zu lassen", sagte Jennix zu Kass.

„Ich sagte, ich *fand* die Beweise. *Sie* haben sie. Ich habe Sie Ihnen geschickt, bevor die *Phantom* explodierte."

Jennix musterte mich und blieb in ihrer Rolle. Ich hatte keine Ahnung, warum sie das tat, aber ich stellte ihre Entscheidung nicht infrage. Vielleicht musste sie dieses Spielchen spielen, um den Kommissar zufrieden zu stellen? Oder um Kass' und meinen Ruf als hochqualifiziertes Sternenkämpfer-MCS-Team zu untermauern.

„Graves!", rief sie.

„Ja, Generalin." Ihr Sendbote erschien beinahe augenblicklich.

„Sie sind bis zu meiner Rückkehr Anführer der Gruppe Fünf."

„Ja, Generalin", wiederholte Graves, dann verschwand er.

„Kommunikationssystem", sprach Jennix zum Raum. „Rufe Jennix Dateien auf, die von MCS Becker geschickt wurden. Während der letzten zwei Stunden."

„Verarbeitung der Dateien", erwiderte die körperlose Stimme. „Dateien sichtbar auf Bildschirm sechs."

Jennix drehte sich auf ihrem Absatz um und lief zu einem Bildschirm entlang der Seitenwand, stand dort lange Minuten und las. Verarbeitete alles. Sie starrte auf den Bildschirm. Ich erkannte den Moment, in dem sie die Einzelheiten über Sponders Verbindung zu dem Delegierten Rainhart las, weil sich ihr Rückgrat versteifte und ich den Dampf fast aus ihren Ohren kommen sah. Ihre Selbstbeherrschung war bewundernswert, genauso wie ihr Schauspieltalent.

„Erklären Sie, MCS Becker", sagte sie.

„Das ist lächerlich, Generalin", geiferte Sponder, doch ein Schweißrinnsal rann über seine Wange.

Jennix hielt die Hand hoch. „Die *Phantom* ist auf mysteriöse Weise explodiert, Kapitän. Ich habe Fragen. Wenn Beckers Informationen nicht korrekt sind, wird sie sich eine Zelle mit ihrem Bindungsgefährten teilen."

Was bedeutete, dass sie mir – und den Dateien, die ich ihr geschickt hatte – glaubte, denn täte sie das nicht, hätte sie das politisch Richtige getan und eine Ermittlung veranlasst, um die Dateien zu einem späteren Zeitpunkt untersuchen zu lassen. Doch jetzt, hier, wurden sie vor dem gesamten Mission Control Team angezeigt. Sie hatte vermutlich schon die ganze Zeit an Sponder gezweifelt, aber keine Beweise gehabt, die ihr erlaubt hätten, irgendetwas zu unternehmen.

Sponder war noch nicht verhaftet worden, aber ich war hocherfreut. Das hier war nicht damit zu vergleichen, mit Kass in der *Phantom* zu fliegen. Das hier war wie meine Arbeit auf der Erde. Ich beschaffte Informationen. Verarbeitete sie. Analysierte sie. Fand die Bösen. Brachte sie zur Strecke.

Fakten waren Fakten. Das Finden dieser Fakten machte das Fangen der Bösen jedoch so schwer. Doch normalerweise brachte ich die Wahrheit ans Licht und ich war verdammt gut darin.

Jetzt würde ich zum ersten Mal die finstere Wahrheit über jemanden enthüllen, den ich kannte. Jemanden, dem ich in die Augen blicken und bei dem ich genießen konnte, zuzuschauen, wie ihm dämmerte, dass er erwischt worden war. Es war auch das erste Mal, dass sich die Bösartigkeit eines anderen auf mich und jemanden, den ich liebte, ausgewirkt hatte.

Auf der Erde war mein Job real, aber nicht persönlich gewesen.

Jetzt, das hier? Sponder? Es war mehr als persönlich.

Ich begann mit den Informationen, die ich auf der *Phantom* gesammelt hatte.

„Ich glaube, Sie haben von dem Delegierten Rainhart gehört? Dem Verräter an ganz Velerion? Der Person, die für die Dezimierung der Sternenkämpfer-Flotte verantwortlich ist?"

Einen Moment lang meinte ich, dass sich Schweigen im gesamten Raum ausbreitete.

„Ja", sagte Jennix. Das eine Wort war spannungsgeladen.

Alle wussten, was Rainhart getan hatte. Ich wusste nicht, wie stark sich dieses Wissen herumgesprochen hatte, weil ich neu auf dem Planeten war, aber anscheinend war er berühmt berüchtigt.

„Kapitän Sponder ist mit Rainhart verbündet?"

„Das ist unverschämt!", schrie Sponder. „Ich bin hier, führe die Shuttle-Teams der Gruppe Zwei an und biete Xenon wertvolle Ressourcen. Wieso zweifeln Sie nicht an ihren Dateien? Ihr Bindungsgefährte ist ein Betrüger und Lügner. Wachen, verhaftet ihn. Noch einmal. Verhaftet sie beide."

Wachen erschienen hinter Kass. Ich spürte Bewegung hinter mir und drehte mich, woraufhin ich zwei weniger als enthusiastische Mitglieder der Security des Kontrollraumes sah. Sie hatten mich noch nicht angefasst. Sponder öffnete den Mund, um weitere Befehle zu brüllen, doch Jennix hielt eine Hand hoch.

„Warten Sie", rief sie. Die Wachen erstarrten und warteten auf weitere Befehle von Jennix, die einen höheren Rang als Sponder bekleidete. „Fahren Sie fort, MCS Becker."

Ich nickte. „Auf dem Bildschirm können Sie deutlich die Datenspur sehen, die beweist, dass die beiden seit über einem Jahr gemeinsam an mehreren Projekten gearbeitet haben. Ich fand verschlüsselte Dateien mit Bewehrungsplänen und Karten von einer Art massiven Basis sowie von einem großen Gebäude auf der Oberfläche von Velerion. Es sieht wie eine Art riesiger Versammlungsort aus. Die Halle der Verzeichnisse?"

„Oh Scheiße" sagte der andere General. „Königin Raya wird die Halle der Verzeichnisse angreifen?"

„Was ist das?", fragte ich.

Kass blinzelte angestrengt und ich sah, wie sich seine Miene aufhellte, als ihm eine Möglichkeit einfiel, wie er es mir erklären konnte. „Es ist wie das Gebäude eines Kapitols auf der Erde. All die Gesetzesmacher sind dort, wie beispielsweise ein velerischer Senat."

Jennix begann, sich die Stirn zu massieren – ein subtiles Zeichen ihrer Verzweiflung. „Es gibt viele Geheimgänge, unterirdische Tunnel und dezentralisierte Energiestationen, um sie vor einem direkten Angriff zu schützen. Wir wussten, dass sie die Informationen über die Sternenkämpfer-Basis vom Delegierten Rainhart erhalten hatte. Aber wenn Königin Raya auch noch die Baupläne für die Halle der Verzeichnisse hat?"

„Generalin, das ist –"

Jennix schaute zu Sponder. „Ruhe."

Sponder kämpfte jetzt um sein Leben und sprach trotz der Warnung der Generalin weiter. „Wenn er seine Aufzeichnungen im Trainingsprogramm gefälscht hat, was bringt sie dann auf den Gedanken, dass seine

Bindungsgefährtin jetzt nicht das Gleiche tut? Um ihn zu beschützen?"

„Weil MCS Becker bis vor zwei Tagen nicht wusste, dass Velerion echt ist. Der Zeitstempel der Datensammlung zeigt die Zeit an, zu der MCS Remeas im Gefängnis war."

„Und in der *Phantom*, Generalin", fügte ich hinzu. „Ich entdeckte die Verbindung zu Rainhart auf dem Weg zur Mondbasis."

Sie blickte auf den zweiten Zeitstempel und nickte. Dann sprach sie wieder an Sponder gewandt. „Sie haben Remeas selbst ins Gefängnis geworfen. Becker hätte keine Zeit gehabt, die Geschichte des Delegierten Rainharts herauszufinden und Berichte zu fälschen. Und da sie davon ausgegangen war, dass Leutnant Markus ihr Missionspartner sein würde, hätten sie das sicherlich nicht unterwegs planen können."

Sponders Gesicht nahm einen dunklen Rotton an.

„Ich habe mehrere Unterhaltungsverläufe zwischen Rainhart und Sponder sowie detaillierte Belege für die Manipulation von Berichten zusammengestellt. Die Spur, die Sponder zurückließ, als er die Modifizierungen an den Missionen der *Sternenkämpfer Trainingsakademie* vornahm, ist ebenfalls enthalten. Was die heutige Mission angeht, so sahen sowohl mein Mechaniker-Team als auch ich, wie Kapitän Sponder die *Phantom* einige Minuten vor dem Abflug verließ. Und unser Schiff wurde nicht vom Feind getroffen; es wurde von innen gesprengt."

Jennix mahlte mit den Kiefern. „Kommunikationssystem", rief sie erneut, „analysiere die Daten der Landebucht der *Phantom* vor drei Stunden. Kannst du Berichte von Kapitän Sponders Anwesenheit in der Nähe der *Phantom* bestätigen?"

„Keine Daten gefunden", antwortete die körperlose Stimme.

Sponders Mundwinkel bog sich nach oben.

„Darf ich, Generalin?", fragte Kass.

Jennix nickte.

„Kommunikationssystem", rief Kass. „Analysiere die Daten der Landebucht vor drei Stunden. Nenne und zeige die letzte Person, die sich der *Phantom* vor der Ankunft von Sternenkämpfer-MCS Becker näherte."

„Verarbeitung der Daten. Daten sichtbar auf Bildschirm sechs."

Das Bild zeigte Mech Vintis, einen der Mechaniker, der etwas unter dem Waffenpaneel platzierte. Doch seine Uniform sah merkwürdig aus und das Bild war leicht verschwommen.

„Kommunikationssystem, lokalisiere Mech Vintis zum Zeitpunkt dieser Aufnahme."

„Verarbeitung der Daten. Daten sichtbar auf Bildschirm sechs."

Ein Bild der Landebucht erschien auf dem Bildschirm. Mech Vintis und Arria saßen an einem kleinen Arbeitsplatz, lachten und aßen gemeinsam etwas, während sie eine Pause von ihren Pflichten machten.

„Vintis konnte nicht an zwei Orten gleichzeitig sein", sagte Kass.

„Und ich sah mit eigenen Augen, wie Kapitän Sponder von meinem Schiff lief." Ich konnte einfach nicht anders; ich wollte auf Sponders Rücken springen und ihn erwürgen. „Sie Scheißkerl."

Kass unterbrach mich, bevor ich noch mehr sagen

konnte, was vermutlich gut war, da ich wirklich kurz davor war, mich meinen Instinkten hinzugeben.

„Kommunikationssystem, zeige Kapitän Sponders Standort fünf Minuten vor diesem Zeitpunkt."

„Verarbeitung der Daten. Daten sichtbar auf Bildschirm sechs."

Ich hielt die Luft an, bis ich Kapitän Sponder mit Kommissar Gaius die Starfighter-Landebucht betreten sah. Sponder trug etwas Kleines. Er durchquerte die Landebucht in Richtung der *Phantom*, während Gaius mit den Mechs sprach. Vintis fragte Sponder, ob er Hilfe bräuchte. Sponder verneinte.

Wir sahen alle zu, wie Sponder die Entfernung zu unserem Schiff überwand. Einige Schritte weiter weg sah er hoch in die Kamera, das Bild verschwamm und seine Kleidung wurde zu der des Mechanikers Vintis.

Die neue, verschwommene Version von Vintis/Sponder lief schnurstracks zur *Phantom* hoch und verschwand in deren Innerem.

Mehrere Minuten später erschien er wieder auf der Rampe, nach wie vor ein verwirrendes, verschwommenes Bild aus Vintis und Sponder, als ich auf dem Bildschirm auftauchte.

Ich erinnerte mich noch gut an diesen Augenblick. Ich hatte ihn angeschaut, finster angestarrt und gefragt, was zum Henker er auf meinem Schiff zu suchen hatte. Er hatte gesagt, er wäre hier, um sich wegen Kass zu entschuldigen und mir mitzuteilen, dass er mich vor einem Betrüger und Lügner gerettet habe, und um mir eine gute Mission zu wünschen.

Doch auf dem Bildschirm führten stattdessen Vinitis und ich das Gespräch.

Sponder mochte ein Arschloch sein, aber er war mehr als fähig, seine Spuren in der digitalen Welt zu verwischen.

Bis ich ihm auf die Schliche gekommen war.

„Ich erinnere mich an dieses Gespräch, Generalin Jennix. Und es war nicht Mechaniker Vintis, mit dem ich sprach, sondern Kapitän Sponder. Ich gebe Ihnen mein Wort."

Da war er. Der Beweis, dass Sponder die Bombe auf der *Phantom* deponiert hatte. Der Zeitstempel zeigte die Uhrzeit, zu der Kass noch im Gefängnis gewesen war, und ich war deutlich auf dem Bildschirm zu sehen, wie ich ein Gespräch über meinen Bindungsgefährten führte.

„Sponder konnte nicht wissen, dass ich dem Gefängnis entkommen und mit Mia auf die Mission gehen würde. Er hatte vor meine Bindungsgefährtin zu töten, Generalin", knurrte Kass. Er war angespannt und bereit, mehr als nur Sponders Nase zu brechen.

„Ich wollte Ihr Gesicht sehen, wenn Sie erfuhren, dass sie tot ist", fauchte Sponder, wobei Spucke aus seinem Mund flog.

Da griff Kass ihn an und verpasste Sponder einen so heftigen Schlag, dass dieser hart zu Boden ging. Kass sprang auf ihn und ließ seine Fäuste auf ihn regnen. „Sie schaden meiner Mia nicht", sagte er, wobei jedem Wort ein brutaler Schlag folgte.

Jennix sagte einige Sekunden lang gar nichts, doch dann wedelte sie mit einer Hand, damit die Wachen Kass runterzogen. Sponder war bei Bewusstsein, aber voller Blut und in schlechtem Zustand. Die Wachen wuchteten Sponder auf die Füße und mussten ihn aufrecht halten.

„Sie wären mit allem davongekommen", informierte

ich Sponder. „Niemand hätte vermutet, dass Sie mit Rainhart unter einer Decke stecken. Es war Ihr Hass auf Kass, der Sie verraten hat. Sie hätten ihm ohne Beschwerden erlauben sollen, sich den MCS anzuschließen. Er war Ihr Untergang."

„Führen Sie Sponder ab", befahl Jennix. „Ich werde mich später mit Kommissar Gaius befassen." Sie drehte sich, um zu mir zu schauen. „Was ist mit dem Kommissar? Haben Sie etwas über ihn gefunden? Ist er auch ein Verräter?"

Ich schüttelte den Kopf. „Soweit ich das beurteilen kann nicht. Er ist nur ein Mann mit einem Arschloch als Neffen."

„Nun, das ist immerhin etwas", murrte sie. „General Aryk?"

„Ja, Generalin."

Sie schaute zu dem anderen Anführer, der verblüfft darüber, was gerade geschehen war, blinzelte. „Aryk, wir müssen die Mission beenden."

General Aryk nickte. „Ich werde die Kontrolle über Gruppe Zwei übernehmen. Wir werden zusehen, dass die Befreiung von Xenon ein Erfolg wird." Er schaute zu uns. „Gute Arbeit, MCS-Paar."

„Ja, gute Arbeit", bestätigte Jennix, dann runzelte sie die Stirn. „Ich gehe davon aus, dass die Aufzeichnungen, die zeigen, dass Sie in dem Trainingsprogramm betrogen haben, falsch sind, wie Sternenkämpferin-MCS-Becker berichtet hat. Doch ich muss mich jetzt um die Mission kümmern. Ihr Befehl lautet, in Ihren Quartieren zu bleiben, bis ein vollständiger Bericht erstellt werden kann."

Kass grinste. Es war das erste Mal, dass er das tat, seit er den Ersatzpiloten Markus oder, wie auch immer der hieß, aus der *Phantom* geworfen hatte und zu mir ins Schiff gesprungen war.

„Jawohl, Generalin. Wir werden uns an Ihren Befehl halten." Kass schaute zu mir. Zwinkerte. „Mit Vergnügen."

KAPITEL 13

*K*ass

EINE WACHE BEGLEITETE uns zu unseren Quartieren, aber anders als beim letzten Mal, als ich von einer weggebracht worden war, lagen meine Hände nicht in Fesseln. Es waren keine Waffen gezückt worden und bereit, mich zu schocken. Ich musste mir keine neunmalklugen Bemerkungen anhören oder mich herumschubsen lassen. Und – was ganz anders war – dieses Mal hielt ich Mias Hand, die ich sogar an meine Lippen hob und deren Knöchel ich ein oder zweimal küsste.

Sie hatte mir den Arsch gerettet. Wäre sie nicht gewesen, hätte niemand Sponders Lügen aufgedeckt und ihn als Verräter entlarvt. Mir drehte sich der Kopf wegen der Information, dass er die ganze Zeit mit dem Delegierten Rainhart zusammengearbeitet hatte und auch für den Angriff auf die Sternenkämpfer-Basis verantwortlich war. Dass er Königin Raya geholfen hatte, Xenon gefangen zu nehmen, und dass er der Dunklen Flotte dabei geholfen hatte, Velerion mit IPBRs aufs Korn zu nehmen. Warum sollte er so etwas tun? Er war selbst Velerier. Seine Familie war wohlhabend. Sein Onkel war ein Kommissar in der Halle der Verzeichnisse.

Ich drückte Mias Hand. „Ich kann nicht fassen, dass Sponder ein Verräter ist. Ich wusste, dass er ein Arschloch ist, aber – ich verstehe nicht, was ihn dazu bewogen hat, sein eigenes Volk zu verraten."

Mia drehte sich um. Sie hob meine Hand an ihre Lippen und küsste mich. „Manchmal ergeben Leute einfach keinen Sinn."

Nun, das war die Wahrheit. „Sie werden ihn hinrichten, wenn das stimmt, was du rausgefunden hast."

„Es stimmt." Sie klang vollkommen zuversichtlich, sich ihrer Selbst sicher und sehr, sehr sexy.

Mia hatte Generalin Jennix und General Aryk mehr als genug Beweise geliefert, damit sie Sponder für alles, das wir behauptet hatten, und noch mehr verurteilen konnten. Es war vorbei. Nicht die Mission, Xenon zu retten und das Universum von IPBRs zu befreien, aber unser Kampf, zusammen sein zu dürfen und uns unserer Uniformen als würdig zu erweisen. Wir würden nicht mehr auseinandergerissen werden. Ich hatte Mia das schon beim ersten Mal gesagt, als wir uns an ihrem Arbeitsplatz auf der Erde kennengelernt hatten. Sie war mein.

Für immer.

Ich hätte nie erwartet, dass Sponder mehr als nur ein Ärgernis für mich sein würde. Und ein schrecklicher Anführer. Aber Mia hatte nicht nur die Wahrheit über mich herausgefunden, sondern auch die Tiefe seiner Bösartigkeit. Natürlich hatte Mia es rausgefunden. Niemand sonst hatte es getan und deswegen war Sponder unbemerkt geblieben und hatte ungehindert mit dem Delegierten Rainhart zusammenarbeiten können. Die Zeit würde das Ausmaß seiner verräterischen Taten enthüllen, aber jemand anderes würde nach den Einzelheiten suchen. Mia hatte ihnen eine Spur geliefert, der sie folgen konnten. Mehr als das würden sie nicht kriegen, denn Mia würde mit mir beschäftigt sein. Für den Moment würde sie damit beschäftigt sein, befriedigt zu werden. Ich würde zusehen, dass sie für ihre Taten belohnt wurde. Ich würde auch sicherstellen, dass sie ganz war. Lebendig. Sicher.

Mein Herz zog sich bei der Vorstellung zusammen, dass sie bei einer feurigen Explosion, die auf Sponders Konto ging, hätte sterben können. Es wäre so gewesen, wie er gesagt hatte. Schrecklich. Ich hätte nicht überlebt, wäre sie getötet worden. Und wäre sie mit dem anderen Piloten zusammen gewesen und er hätte versuchen müssen, die *Phantom* während eines Absturzes zu kontrollieren? Ich hatte es kaum geschafft, uns zu retten, und ich hatte mehr Training in diesem Schiff gehabt als irgendjemand sonst auf Velerion. Ich war aus gutem Grund ein Sternenkämpfer. Wäre sie mit Leutnant Markus geflogen, als diese Bombe explodiert war, hätte ich sie verloren.

Am Leben zu sein und im Gefängnis zu sitzen, wäre ein Schicksal schlimmer als der Tod gewesen. Selbst wenn sich die Anklage wegen Betrugs als falsch herausgestellt hätte, wäre ich nicht ganz gewesen. Ich hätte mir nie verziehen, dass ich nicht neben ihr in diesem Schiff gewesen war. Dass ich nicht da gewesen war, als sie mich gebraucht hatte.

Dass ich sie allein sterben gelassen hatte.

Als die Tür zu unseren Quartieren hinter uns ins Schloss glitt, verriegelte ich sie und sperrte sämtliche Unterbrechungen aus, ehe ich sie in meine Arme zog und leidenschaftlich umarmte.

Ich spürte ihren Herzschlag. Ihren Atem.

„Kass", hauchte sie.

„Ich weiß", erwiderte ich und küsste sie auf den Scheitel.

„Jetzt. Es muss jetzt sein", murmelte sie.

Ich war ganz ihrer Meinung, aber wir trugen noch immer unsere Fluganzüge und Staub und Schutt von dem Absturz sowie der Geruch brennenden Metalls und Felsen umgaben uns beide wie eine Wolke. Indem ich mich auf die Knie fallen ließ, riss und zerrte ich an ihrem Fluganzug und Stiefeln, um ihr diese auszuziehen. Als sie nackt vor mir stand, drückte ich einen Kuss auf ihren Bauch und lehnte meine Stirn an ihren Körper. Ich atmete den Geruch ihrer femininen Hitze ein und genoss es, zu spüren, wie ihre Finger meinen Schädel streichelten und durch meine Haare kämmten. Mich an sie drückten.

„Wir haben einander beinahe verloren."

Ich legte meine Arme um ihre Taille und hielt sie fest, versank in ihr und prägte mir alles an ihr ein. Ihren Geruch. Ihre Berührung. Die Weichheit ihrer Haut. Die Sanftheit ihrer Hände. Sie seufzte. „Es wird nicht das letzte Mal sein, Kass. Wir sind Sternenkämpfer. Wir werden nicht hinter einem Schreibtisch sitzen." Sie packte eine Faustvoll von meinen Haaren und neigte meinen Kopf nach oben, damit ich ihr in die Augen sah. „Und das will ich auch gar nicht. Ich will dort draußen sein und einen Unterschied machen. Mit dir. Und wenn wir sterben, sterben wir gemeinsam."

Diese Frau würde auf die ein oder andere Art mein Untergang sein. Im Moment befürchtete ich, dass mein Herz in meiner Brust platzen würde. Die Emotionsexplosion in mir war vernichtend und schmerzhaft. „Ich liebe dich."

„Ich liebe dich auch."

„Wir leben zusammen. Kämpfen zusammen. Sterben zusammen."

„Genau." Sie grinste. „Bist du dabei oder raus?"

„Oh, ich bin dabei. Und du auch." Ich erhob mich blitzschnell und hob sie von den Füßen, ehe ich sie mir über die Schulter warf, während ich uns beide zum Bad brachte. Ich stellte sie in der Kabine auf die Füße und sie schaltete das Wasser an, während ich aus meinem Fluganzug und Stiefeln schlüpfte.

Während heißes Wasser auf uns prasselte, wuschen wir einander in Rekordzeit. In dem Moment, in dem ich sie weich und nass und sauber vor mir hatte, suchte ich jeden Zentimeter ihres Körpers nach Verletzungen ab und fand nichts außer einigen Blutergüssen. Daraufhin sank ich auf die Knie und benutzte meine Hand auf ihrem Bauch, um sie nach hinten an die Duschwand zu drücken. Sie kämpfte darum, das Gleichgewicht zu wahren, aber ich verfügte über keinerlei Selbstbeherrschung mehr. Ich brauchte sie. „Jetzt. Ich brauche dich jetzt."

„Kass", sagte sie erneut, dieses Mal war es ein Stöhnen. Meine Absicht war eindeutig. Ihre Finger vergruben sich in meinen Haaren und ich sah zu ihr auf.

„Jetzt", wiederholte ich, dann leckte ich in sie. Das war nur schwer zu bewerkstelligen, weil ihre Beine geschlossen waren, aber ihre Klit war hart und ragte unter ihrem Häubchen hervor, als wäre sie erpicht auf mich. Mit meiner anderen Hand umfing ich ihre nackte Pussy, schob zwei Finger tief in ihren Körper und machte es mir zur Mission, sie zum Höhepunkt zu bringen. Mit Fingern und Zunge trieb ich sie gnadenlos auf einen Orgasmus zu. Es gab kein Necken. Ich war konzentriert, schnell und präzise. Ich wusste, was sie mochte. Wusste, wo ich sie berühren und streicheln und lecken sollte.

Sie wehrte sich nicht gegen mich, keuchte und schrie auf, während ich sie zum Kommen brachte.

Mein Schwanz war hart. Sehnte sich danach, sie zu füllen. Ich versagte mir jegliche Befriedigung. Für den Moment.

Sie schrie ihren zweiten Höhepunkt hinaus, ihre Knie knickten ein. Ihre Essenz strömte nur so aus ihrer Pussy. Ich trank alles und genoss es, wie ihre inneren Wände um meine Finger zuckten, wie ihr Körper zitterte, ihre Knie schwach wurden und sie um Luft rang. Mia war außer Kontrolle. Mein.

Ja.

Fuck, ja. Sie hielt nichts zurück und gab mir alles. Vertrauen. Liebe. Unterwerfung. Sie. War. Mein.

Vollständig.

* * *

Mia

. . .

Kass stand mit einem selbstzufriedenen Grinsen im Gesicht da.

Ja, er war zufrieden mit sich.

Wie er es auch sein sollte.

Das war episch gewesen. Und ich wusste, dass wir noch lange nicht fertig waren.

Kass tauchte seinen Kopf unter Wasser, während ich mich so weit erholte, dass ich nach ihm greifen konnte. Ich zog ihn für einen Kuss zu mir, der andauerte und andauerte. Ich wollte, dass unsere Körper zu einem Wesen verschmolzen. Ich wollte ihn für immer so nah an mich drücken. Er war mein. Ich würde bis zu meinem letzten Atemzug kämpfen, um ihn zu beschützen, und ich wusste, dass er das Gleiche für mich tun würde.

Ein Bindungspaar. Ich verstand jetzt, was das wirklich bedeutete. Verbundene.

Ich war Jennix und ihrem Befehl, in unseren Quartieren zu bleiben, dankbar. Nach dem zu urteilen, was Kass gerade mit mir getan hatte, hatte er große Pläne, damit wir unsere Zeit für uns allein optimal ausnutzen konnten.

Nachdem ich das Wasser ausgeschaltet hatte, zerrte ich ihn aus der Dusche und zu den Handtüchern. Ich ließ mir Zeit damit, ihn abzutrocknen, denn… ja, ich hatte auch Pläne.

„Ich kann mich nicht entscheiden, was mich mehr antörnt, du in Uniform im Cockpit, während du die *Phantom* fliegst, oder du nackt", sagte ich, wobei ich mir besonders viel Zeit damit ließ, mit dem Handtuch sachte über seinen harten Penis zu reiben.

„Ich ziehe beides vor, im Cockpit und nackt. Das war episch", erwiderte er.

Unser Tempo war ausnahmsweise einmal langsam. Wir waren nicht verzweifelt, zueinander zu gelangen. Okay, das waren wir, aber nach allem, das wir durchgemacht hatten, war es auch schön, diese Zeit für uns zu genießen. Vielleicht war ich nicht in Eile, weil er meinem Verlangen mit seinem Mund die Schärfe genommen hatte. Doch die Beule war ein Zeichen dafür, dass er sein Kampfverlangen erst noch dämpfen musste. Beinahe zu sterben – zweimal – war eine Sache. Aber wir hatten auch gegen Sponder kämpfen müssen. Wir hatten darum kämpfen müssen, zusammen sein zu dürfen. Und wir hatten gewonnen.

Wir waren zusammen. Nichts konnte uns jetzt noch voneinander fernhalten. Und wenn uns irgendjemand unterbrach… dann würden sie es mit mir zu tun kriegen. Denn Hausarrest bedeutete jede Menge Sex.

„Nur wenn du mich beim nächsten Mal nicht auf die Kommunikationsknöpfe setzt", murrte ich, dann kicherte ich, als er mich kitzelte.

Er ließ sich Zeit und trocknete mich in mäßiger Geschwindigkeit ab, aber während er mehr und mehr von meiner nackten Haut berührte und massierte und erkundete, wurde ich immer erpichter auf ihn.

„Ich brauche dich", gestand ich.

Sein Blick begegnete meinem. Ich sah die Hitze darin. Das Verlangen.

„Noch einmal?"

Ich nickte. „Ich kann nicht genug von dir kriegen. Ich werde nie genug kriegen."

Bei diesen Worten wurde sein Gesichtsausdruck weich, wenn auch nur für einen Moment.

„Ich brauche dich auch", erwiderte er. „Im Bett. Die Beine gespreizt damit ich jeden wundervollen Teil von dir sehen kann."

Meine inneren Wände verkrampften sich bei seinen Worten und ich wartete nicht, sondern machte kehrt und ging zum Bett.

Eine Hand senkte sich auf meinen Po. Ich wirbelte herum, als das Brennen erblühte und zu Hitze wurde. Kass stand dort, nackt, die Arme vor der Brust verschränkt und sein Glied ragte zu mir empor wie ein Soldat, der strammstand. Er grinste und war definitiv mit sich zufrieden.

„Wofür war das?", fragte ich.

Er schaute auf meinen Po und legte den Kopf schief. „Ich sehe gerne mein Zeichen auf dir."

Ich schnaubte vor gespielter Empörung, obwohl die Wahrheit war, dass das Brennen direkt zu meiner Mitte gereist war, meine Nippel aufrichtete und meinen Körper auf eine Weise aufweckte, die ich noch nie zuvor gespürt hatte. Ich wollte mehr.

Er trat näher, griff nach unten und umfing meine Pussy. „Du bist klatschnass. Du hast es geliebt."

Ich hob mein Kinn an, bereit, es zu leugnen. Aber das hier war Kass. Er würde mir alles geben, das ich wollte. Alles, das ich brauchte. Alles, ohne mich zu verurteilen oder zu zögern. Er war mein.

„Das habe ich. Und deinen Mund auf mir auch."

In seinen Augen loderte es. „Ist notiert."

Er leckte meine Essenz von seinen Fingern, dann knurrte er.

„Planänderung. Aufs Bett. Auf alle viere. Arsch in die Luft."

Dieses Mal drehte ich mich etwas langsamer um.

„Hübsche, dir wird so oder so der Hintern versohlt werden. Sei jetzt nicht schüchtern."

Ich setzte ein Knie auf das Bett, dann krabbelte ich zur Mitte hoch und positionierte mich so, wie er es wollte. Ich drückte meinen Rücken durch. Dadurch wurde mein Po rausgestreckt und er konnte alles sehen. Ich war nie prüde gewesen, aber ich war *sehr* entblößt. Er konnte alles von mir sehen. Als ich über meine Schulter schaute und sah, wie sich sein Kiefer anspannte und dass er wirkte, als würde er gleich die Kontrolle verlieren, ja er wirkte fast schon wild, sonnte ich mich in meiner Macht über ihn.

Ich wackelte mit dem Hintern und er unterbrach sein Starren. Er bewegte sich jetzt schneller und ließ sich auf eine Art und Weise auf dem Bett nieder, die mich verwirrte. Einige Sekunden später stöhnte ich beinahe voller Vorfreude, weil er sich auf den Rücken gedreht und seinen Kopf zwischen meinen Schenkeln positioniert hatte, sodass ich rittlings auf seinem Gesicht saß.

„Scheiße", hauchte ich.

Als seine Hände meinen Hintern umfingen, um mich nach unten zu ziehen, damit er meine Klit mit den Lippen umschließen und an meinem Kitzler saugen konnte, stöhnte ich. Wand mich. Ritt sein Gesicht. Es dauerte nicht lange, bis ich kam. Es hatte sich so viel Begehren angestaut. So viel Verlangen.

Ich war wild und wiegte mich auf ihm, während er seinen Mund und Zunge einsetzte, um mich zum Höhepunkt zu bringen. Meine Klit war noch nie so glücklich gewesen, jemanden zu sehen.

Nachdem ich seinen Namen geschrien hatte, verloren in der Wonne, die mir nur Kass entringen konnte, bewegte er sich wieder. Indem er sich hinter mich kniete, versohlte er mir den Hintern.

„Ich sollte dich dafür bestrafen, dass du zu umwerfend bist. Zu klug." Seine Hand landete mit einem scharfen Brennen auf meinem Hintern, das mich dazu veranlasste, mich zu winden. Wieder. Und wieder. „Zu mutig."

Mein Hintern wurde heiß. Auf einer Seite, dann der anderen. Mein Körper ruckte bei jedem hitzigen Schlag auf meinen Po nach vorne, meine Brüste schwangen unter mir und meine Nippel waren so hart, dass sie schmerzten.

Mehr. Ich wollte mehr.

„Du bist mein, Mia. *Mein*."

Noch ein Schlag und dann war er an meinem Eingang, die breite Eichel stupste dagegen, teilte ihn und stieß sich tief in mich.

„Ja!", schrie ich, während meine Wände zuckten, um ihn aufzunehmen.

„Götter", brachte er zähneknirschend hervor. „Fuck, du bist perfekt."

Er hämmerte sich in mich. Hart. Tief. Als würde er nach etwas jagen.

Meine Brüste schwangen und ich rieb mit den empfindsamen Nippeln über die Bettwäsche, während ich mich nach hinten zu seinen Stößen drückte und ihm entgegenkam. Ihn tief aufnahm. Mehr verlangte.

Ich packte die Bettwäsche. Hielt mich daran fest. Ich

war kurz vorm Höhepunkt. So kurz davor. Ich griff unter mich zu meiner Klit. Wenn ich sie nur ein oder zwei Mal massieren könnte, würde ich noch einmal kommen.

Kass schob meine Hand weg, dann zog er sich aus mir zurück.

„Wa –" Das Wort blieb mir in der Kehle stecken, als ich auf den Rücken gedreht wurde. Kass drückte meine Beine weit auseinander und sah sich an mir satt. Daraufhin ließ er sich zwischen ihnen nieder, stieß sich tief in mich und nahm mich erneut.

Ich sah hoch in seine dunklen Augen. Er beobachtete mich, während er mich füllte. Sein Becken rieb an meiner Klit und ich wusste, was er jetzt tat. Er wollte mir beim Kommen zusehen. Er wollte Zeuge des Moments werden, in dem ich mich unterwarf und in der Lust verlor, die er mir schenkte.

Er musste nicht lange warten. Meine Hände in seinen Hintern bohrend, kam ich erneut. Es war ein rollender, glühender Höhepunkt, der durch die Art und Weise verlängert wurde, wie sein Glied über geheime Stellen in mir rieb und strich.

Schweiß glänzte auf meiner Haut, während ich bockte und mich unter ihm aufbäumte. Lust zerplatzte in mir, aber ich sah Kass weiterhin in die Augen. Hielt den Blickkontakt. Ließ ihn ganz genau sehen, was er mit mir anstellte, was er mir bedeutete. Ich wollte die Verbindung nicht brechen, weil wir in dieser Sache zusammen waren. In allen Dingen. Für immer.

„Du bist dran", flüsterte ich.

Kass verlangsamte seine Hüften nicht, sondern geriet nur aus dem Rhythmus, während er sich seinen niederen Bedürfnissen hingab. „Dein Vergnügen ist mein Vergnügen, Mia. Du bist mein Leben. Mein Herz. Du hast mich gerettet", sagte er.

„Und du hast mich ebenfalls gerettet", fügte ich stöhnend hinzu.

Da brüllte er, drückte sich tief in mich und füllte mich mit seinem Samen.

Ich kam erneut, sanft, ein zartes, leichtes Flattern der Hitze, das meinen Körper dazu veranlasste, ihn leer zu melken.

Wir hatten alles gegeben, um zusammen sein zu können. Wir hatten heiß gebrannt. Wir hatten schmutzig gekämpft. Wir hatten wild erobert. Wir würden nie gezähmt werden. Nie allein sein. Nie weglaufen oder einander verraten. Wir waren ein Bindungspaar. Wir waren eins.

Unsere rebellische Art würde uns vielleicht hin und wieder in Schwierigkeiten bringen, aber ich wollte es gar nicht anders.

Kass war mein. Und wenn das den Veleriern nicht passte? Tja, das war deren Pech.

Ich würde ihn behalten.

EPILOG

Mia, drei Tage später, Oberfläche von Velerion

WIR HATTEN drei Tage lang Hausarrest. Ich war noch nie zuvor im Gefängnis gewesen und wollte es auch nicht sein, aber mit Kass eingesperrt zu sein, während wir nichts anderes zu tun hatten, als nackt zu sein und einander – *richtig* gut – kennenzulernen, war gar nicht so schlecht.

Es war unglaublich gewesen. Abgesehen von der Menge an Orgasmen, die wir erlebt hatten – nach einer Weile hatte ich den Überblick verloren – hatten wir auch miteinander geredet. Wir hatten herausgefunden, dass wir kompatibler waren, als wir jemals zu träumen gewagt hätten.

Die eine Sache, die wir nicht hatten tun können, war, mir mehr über meine neue Heimatwelt beizubringen. Velerion war der Ort, an dem ich jetzt lebte und bisher hatte ich lediglich das Innere der *Resolution* gesehen und die wenigen Fitzelchen auf Missionen. Als Generalin Jennix Kass also von sämtlichen Anschuldigungen freigesprochen hatte – abgesehen davon, dass er sich in das Kandidatenprogramm der *Sternenkämpfer Trainingsakademie* gehackt hatte – hatte es uns freigestanden, zu gehen.

Nach Velerion.

Xenon war erfolgreich von der Herrschaft der Dunklen Flotte befreit worden. Die IPBRs, die übrig gewesen waren, waren zerstört worden. Die Fabrik würde wieder zur Erzproduktion übergehen. Xenon als Planet würde zur Normalität zurückkehren. Zum Frieden. Ohne eine Mondbasis, die komplett zerstört worden war. Bisher war noch nicht entschieden worden, ob sie wieder aufgebaut werden würde.

Doch es war nicht an Kass oder mir, das zu analysieren. Man hatte uns zusammen mit Jamie und Alex eine Pause gegönnt und wir hatten uns mit ihnen auf Velerion getroffen.

Also waren wir jetzt hier, gerade außerhalb der Eos Station, wo Kass einst stationiert gewesen war, und liefen durch einen Park. Mit Leuten. Und Babys. Und Haustieren, die wie kleine Eisbären aussahen samt langer Krallen und flauschigem, weißen Fell. Zudem trugen sie Sattel, damit die Kinder auf ihnen reiten konnten.

Sattel. Auf Bären.

Die schwerfälligen Wesen hatten strahlend blaue Augen, nicht das Braun der Bären auf der Erde, und sie hatten ungefähr die Größe eines großen Hundes, aber trotzdem. Bären.

„Sie passen gut auf ihre Familien auf und werden für wunderbare Haustiere gehalten." Kass' Hand lag in meinem Kreuz und ich genoss das vorübergehende Gefühl der Normalität, während ich mit ihm in einem Park spazieren ging, in dem Kinder spielten und Bären miteinander im Gras rollten, während wehmütige, lächelnde Eltern mit dem gleichen vernarrten Gesichtsausdruck zusahen, den ich tausende Male auf der Erde gesehen hatte.

Das weckte fast den Wunsch in mir, auch Kinder zu haben. Fast.

Kass küsste meine Schläfe. „Den Kleinen schaue ich am liebsten zu."

Scheiße. „Ich will nicht Mutter werden." Ich hatte Dinge zu tun und Mutter zu sein, war keines davon. „Ich war nie eines dieser kleinen Mädchen, die mit Puppen spielten und so taten, als seien sie die Mutter. Das ist nichts für mich, Kass."

Er erstarrte. „Ich will dich. Ich will kämpfen, um mein Volk zu beschützen. Ich habe nicht das Bedürfnis, Vater zu werden." Er küsste mich erneut. „Wir sind Krieger, meine Mia. Ein Schlachtschiff ist kein Ort für Kinder. Wir kämpfen. Wir beschützen. Wir sterben." Er nickte zu einem sehr kleinen Mädchen, es war vielleicht zwei Jahre alt und griff gerade seinen Haustierbären an. Das niedliche Duo kullerte herum und knurrte und das kleine Mädchen behandelte seinen Bären so, wie sie mit einem Welpen umgehen würde. „Sie spielen."

Gott sei Dank. Vor diesem Moment hatte ich nicht einmal daran gedacht, ob Kass Kinder wollte, aber die Erleichterung, die ich verspürte, war vergleichbar mit Bläschen in meinem Blut und der blaue und grüne Himmel sah strahlender aus, die Blumen hübscher, die Hitze von Kassius in meinem Rücken fühlte sich wie

Zuhause an. Auf der Erde war ich nie so zufrieden gewesen. Nun waren wir hier und stahlen uns vielleicht eine Stunde, nachdem wir uns einem interplanetarischen Verräter und zwei Kriegsgenerälen gestellt hatten, und ich war trunken vor Glück.

Ich war nie trunken vor Glück.

Andererseits war ich auch noch nie auf einem Alienplaneten spaziert. Die Mondbasis war eine Sache, aber sie war öde und unbesetzt und verflucht furchteinflößend gewesen. Das hier war friedlich. Sicher. Und hübsch. Blumen in jeder Farbe, die ich jemals gesehen hatte, und einige, die ich noch nie gesehen hatte, blühten in gepflegten Beeten. Das Gras war weich und wurde unter unseren Kampfstiefeln platt gedrückt, nur um sich dann wie ein Schwamm wieder aufzurichten, nachdem wir vorübergegangen waren. Kleine Insekten, die Bienen ähnelten, summten von Blume zu Blume und ihre perlmuttartigen, grünen und blauen Körper wirkten im warmen Licht von Vega wie schwebende Edelsteine. Jamie bemerkte die neuen Farben ebenfalls und deutete auf eine der leuchtenden, merkwürdig gefärbten Blüten. „Was ist das?"

„Eine Blume?", antwortete Alex.

„Nein. Was für eine Farbe ist das?"

Kass schlang seine Arme von hinten um mich und ich lehnte mich an ihn. „Das ist eine Vega Sternblume." Er drückte mich. „Hast du die Farbe noch nie gesehen?"

„Nein." Das hatte ich nicht. Ich konnte sie nicht einmal ansatzweise beschreiben.

„Muss an deinen Codierungsimplantaten liegen. Wenn sie vollständig integriert sind, verbessern sie all deine Sinne, nicht nur das Gehör und deine Sprachfähigkeiten. Sie steigern auch die Reaktionszeit, was in einer Schlacht sehr hilfreich ist."

Ich wollte nicht an die eigenartigen Nanobots denken, die in meinem Gehirn herumkrabbelten. Ja, die Sprache verstehen und sprechen zu können, war hilfreich, aber mir gefiel die Vorstellung der Implantate nicht. Vielleicht würde ich mich eines Tages daran gewöhnen. Für den Moment ignorierte ich es und konzentrierte mich auf das kleine Mädchen und seinen gutmütigen Bären, die gemeinsam auf dem Boden lagen, einander Nase an Nase zugewandt, während das Mädchen das Gesicht des Bären streichelte.

Das war ein geduldiges Tier.

Jamie und Alex waren davon geschlendert, um sich andere Blüten anzuschauen, während ich zufrieden damit war, hier zu stehen und mich in Kass' Armen hin und her zu wiegen.

Das kleine Mädchen sah auf und kicherte, als seine ältere Schwester durch den Park geflogen kam, um sich ihnen anzuschließen. Dabei rannten ihre längeren Beine in Höchstgeschwindigkeit, bis sie die beiden erreichte. „Mutter sagt, dass Essenszeit ist." Sie war wahrscheinlich acht oder neun Jahre alt und sehr selbstbewusst.

„Wir haben keinen Hunger, oder?" Die Kleine küsste ihren Bären.

Die ältere Schwester stemmte die Hände in die Hüften und neigte den Kopf, wodurch sie eine herrische Haltung einnahm, die ich nur allzu gut kannte. „Mutter sagt –" Die ältere Schwester sah auf und ihr Blick landete auf uns. Sie erstarrte. „Sternenkämpfer."

„Wo?" Die Kleine sprang auf die Füße und der schwerfällige Bär rollte sich auf die Seite, bevor es ihm gelang, sich zwischen die zwei Mädchen zu quetschen und uns anzustarren.

„Gleich dort!" Das ältere Mädchen deutete und ihre kleine Schwester sah endlich auf und registrierte unsere Anwesenheit.

„Willst du fliehen?", wisperte Kass. „Jetzt ist deine einzige Gelegenheit."

Fliehen? Vor Kindern? „Sei nicht lächerlich." Ich löste mich aus Kass' Armen und lief langsam zu den Mädchen, damit ich ihnen keine Angst einjagte. „Hallo. Ich bin Mia. Wie heißt ihr?"

„Sternenkämpferin-MCS Mia?", kreischte das ältere Mädchen aufgeregt und blickte hinter mich zu Kass. „Bist du Kassius Remeas, der Rebellenhacker?"

Ich blickte über meine Schulter und stellte fest, dass Kass jetzt mit einem Grinsen im Gesicht zu uns schlenderte. „Dann bin ich also berühmt?"

„Ja! Meine Mutter sagte, du hättest die Regeln gebrochen, aber Vater sagte, wir bräuchten dich, deswegen ist es erlaubt." Sie rümpfte die Nase und ich konnte ehrlich nicht den Unterschied zwischen diesen Leuten und Menschen erkennen. „Aber nur für Sternenkämpfer. Wir dürfen die Regeln nicht wie du brechen, sonst geraten wir in Schwierigkeiten."

„Große Schwierigkeiten", bestätigte das kleine Mädchen.

„Darf ich es anfassen?" Das ältere Mädchen deutete auf den silbernen Wirbel auf meiner Sternenkämpferuniform, weshalb ich mich vor sie kniete, wobei ich das Bärenwesen im Auge behielt. Daraufhin liefen beide Mädchen ohne eine Spur von Scheu nach vorne und griffen nach mir.

„Ich liebe das", sagte die Kleine.

„Dankeschön."

Das ältere Mädchen strich mit den Fingern über das Abzeichen, dann griff sie an meinen Hals. Als sie das Mal dort nicht sehen konnte, lief sie hinter mich und hob meine Haare von meinem Hals, bis sie es fand. Kleine, klebrige Finger folgten, während die zwei mit ihren Händen über meine Haut streichelten.

„Eines Tages will ich eine Sternenkämpferin sein."

„Ich auch."

Das ältere Mädchen schaute zu seiner kleinen Schwester. „Mutter sagt, dass du mit Tieren arbeiten wirst, weil du mit ihnen reden kannst."

„Ja."

„Ich kann das nicht."

Das winzige Mädchen kicherte, als hätte sie ein Geheimnis, während sie zurücktrat und ihren Arm um den Hals des Bären legte. „Orion mag dich."

„Ist Orion dein Bär?"

„Er ist kein Bär. Er ist Orion."

Richtig. Kleinkindlogik. „Ich mag ihn auch."

Das ältere Mädchen blieb an meiner Schulter stehen, fasziniert von dem Mal dort.

„Lasst die Sternenkämpfer in Ruhe, Mädchen", rief die Stimme eines Mannes, woraufhin ich den Blick von den sanften Augen des Minieisbären abwandte und einen Mann und eine Frau – ich nahm an, die Eltern der Mädchen – ganz in unserer Nähe entdeckte.

„Das ist schon okay."

„Orion mag Mia."

„Ich bin mir sicher, dass er das tut", bestätigte ihre Mutter.

Ich stand langsam auf und drehte mich um, nur um festzustellen, dass sich nicht nur die Eltern der Mädchen hinter uns befanden, sondern eine Ansammlung von mindestens fünfzig Erwachsenen und Kindern, die zu unserem Standpunkt strömten. Ich schaute zu Kass, der seine Arme verschränkt hatte und mich angrinste.

„Ich hab ja versucht, dich zu warnen."

„Was machen sie?", fragte ich.

„Du bist berühmt, Mia."

„Berühmt?" Wovon zur Hölle redete er?

„Schau." Er deutete auf die gegenüberliegende Seite des grasigen Areals, wo Alex und Jamie ebenfalls von Leuten umringt waren.

„Warum?"

„Du bist eine Sternenkämpferin, meine Mia. Heldin des Planeten. Die letzte Hoffnung, den Krieg zu gewinnen. Jede Person hier verlässt sich darauf, dass wir sie retten."

Scheiße. Kämpfen? Prima. In die Systeme der Dunklen Flotte hacken? Kein Problem. In die Augen von hunderten Leuten zu starren, die mich für eine Art Retter hielten? Nein. Ich war niemand Besonderes. Und das sagte ich ihnen auch.

Kass legte einen Arm um meine Taille, während wir von Gratulanten, Fans und neugierigen Kindern umringt wurden. Anscheinend arbeitete der Großteil von ihnen in der Eos Station und wurde über die Kriegsbemühungen auf dem Laufenden gehalten. Königin Raya hatte monatelang Boden gutgemacht, bis zu Jamies Ankunft. Und jetzt meiner.

„Wegen ihnen haben wir Xenon zurückbekommen!",

schrie einer der Männer. Die Menge fasste seinen Ruf auf. „Xenon! Xenon!"

Das ältere Mädchen stand noch immer nah bei mir und schlang die Arme um meine Taille. Sie drückte mich. Fest. „Dankeschön. Velia und Camillia wohnen dort!"

„Wer?", fragte ich.

„Ihre Cousinen. Wir konnten bisher nicht herausfinden –" Die Mutter der Mädchen räusperte sich. „Meine Schwester und ihre Familie arbeiten auf Xenon. Wir konnten nicht mit ihnen kommunizieren, seit die Dunkle Flotte die Herrschaft übernommen hatte."

„Das tut mir leid." Ich hatte keine Ahnung, was ich sagen sollte.

Kass' angenehme Stimme beruhigte die gesamte Meute. „Ich bin mir sicher, dass es ihnen gut geht. Wir werden es innerhalb der nächsten Stunden wissen. Sie brauchten Arbeiter, die wussten, wie man die Systeme dort betrieb. Und jetzt sind sie frei."

Das Mädchen drückte mich noch fester, während Kass und ich die nächste halbe Stunde damit verbrachten, zu lächeln und Fremde zu begrüßen, die alles über uns zu wissen schienen. Ein Mann erwähnte sogar die Tatsache, dass ich von der Erde kam.

„Wissen Sie, wo die Erde ist?", erkundigte ich mich.

„Hab noch nie zuvor davon gehört, aber ich hoffe, dass noch viel mehr von euch kommen."

Lily würde die Nächste sein. Daran hegte ich keinerlei Zweifel. Danach? Ich dachte an die Millionen von Menschen, die das Spiel spielten und antwortete ihm voller Zuversicht: „Es werden mehr kommen. Ich verspreche es."

WILLKOMMENSGESCHENK!

TRAGE DICH FÜR MEINEN NEWSLETTER EIN, UM LESEPROBEN, VORSCHAUEN UND EIN WILLKOMMENSGESCHENK ZU ERHALTEN!

http://kostenlosescifiromantik.com

INTERSTELLARE BRÄUTE® PROGRAMM

DEIN Partner ist irgendwo da draußen. Mach noch heute den Test und finde deinen perfekten Partner. Bist du bereit für einen sexy Alienpartner (oder zwei)?

Melde dich jetzt freiwillig!
interstellarebraut.com

BÜCHER VON GRACE GOODWIN

Interstellare Bräute® Programm

Im Griff ihrer Partner

An einen Partner vergeben

Von ihren Partnern beherrscht

Den Kriegern hingegeben

Von ihren Partnern entführt

Mit dem Biest verpartnert

Den Vikens hingegeben

Vom Biest gebändigt

Geschwängert vom Partner: ihr heimliches Baby

Im Paarungsfieber

Ihre Partner, die Viken

Kampf um ihre Partnerin

Ihre skrupellosen Partner

Von den Viken erobert

Die Gefährtin des Commanders

Ihr perfektes Match

Die Gejagte

Tumult auf Viken

Die Rebellin und ihr Held

Rebellischer Gefährte

Meine unverhofften Gefährten

Interstellare Bräute Programm Sammelband - Bücher 1-4

Interstellare Bräute Programm Sammelband - Bücher 5-8

Interstellare Bräute Programm Sammelband - Bücher 9-12

Interstellare Bräute Programm Sammelband - Bücher 13-16

Interstellare Bräute Programm Sammelband - Bücher 17-20

Interstellare Bräute® Programm: Die Kolonie

Den Cyborgs ausgeliefert

Gespielin der Cyborgs

Verführung der Cyborgs

Ihr Cyborg-Biest

Cyborg-Fieber

Mein Cyborg, der Rebell

Cyborg-Daddy wider Wissen

Die Kolonie Sammelband 1

Die Kolonie Sammelband 2

Die Cyborg-Krieger ihres Herzens

Interstellare Bräute® Programm: Die Jungfrauen

Mit einem Alien verpartnert

Die Eroberung seiner Jungfrau

Seine unschuldige Partnerin

Seine unschuldige Braut

Seine unschuldige Prinzessin

Die Jungfrauen Sammelband - Bücher 1 - 5

Zusätzliche Bücher

Die eroberte Braut (Bridgewater Ménage)

Erobert vom Wilden Wolf

Ascension-Saga: 1

Ascension-Saga: 2

Ascension-Saga: 3

Ascension-Saga: Bücher 1-3 (Band 1)

Ascension-Saga: 4

Ascension-Saga: 5

Ascension-Saga: 6

Ascension-Saga: Bücher 4-6 (Band 2)

Ascension-Saga: 7

Ascension-Saga: 8

Ascension-Saga: 9

Ascension-Saga: Bücher 7-9 (Band 3)

The Beasts

Die Bachelor-Bestie

Ein Zimmermädchen für die Bestie

Die Schöne und das Biest

Sternenkämpfer Trainingsakademie

Die erste Sternenkämpferin

ALSO BY GRACE GOODWIN

Starfighter Training Academy

The First Starfighter

Starfighter Command

Elite Starfighter

Interstellar Brides® Program: The Beasts

Bachelor Beast

Maid for the Beast

Beauty and the Beast

The Beasts Boxed Set

Interstellar Brides® Program

Assigned a Mate

Mated to the Warriors

Claimed by Her Mates

Taken by Her Mates

Mated to the Beast

Mastered by Her Mates

Tamed by the Beast

Mated to the Vikens

Her Mate's Secret Baby

Mating Fever

Her Viken Mates

Fighting For Their Mate

Her Rogue Mates

Claimed By The Vikens

The Commanders' Mate

Matched and Mated

Hunted

Viken Command

The Rebel and the Rogue

Rebel Mate

Surprise Mates

Interstellar Brides® Program Boxed Set - Books 6-8

Interstellar Brides® Program: The Colony

Surrender to the Cyborgs

Mated to the Cyborgs

Cyborg Seduction

Her Cyborg Beast

Cyborg Fever

Rogue Cyborg

Cyborg's Secret Baby

Her Cyborg Warriors

The Colony Boxed Set 1

The Colony Boxed Set 2

Interstellar Brides® Program: The Virgins

The Alien's Mate

His Virgin Mate

Claiming His Virgin

His Virgin Bride

His Virgin Princess

The Virgins - Complete Boxed Set

Interstellar Brides® Program: Ascension Saga

Ascension Saga, book 1

Ascension Saga, book 2

Ascension Saga, book 3

Trinity: Ascension Saga - Volume 1

Ascension Saga, book 4

Ascension Saga, book 5

Ascension Saga, book 6

Faith: Ascension Saga - Volume 2

Ascension Saga, book 7

Ascension Saga, book 8

Ascension Saga, book 9

Destiny: Ascension Saga - Volume 3

Other Books

Their Conquered Bride

Wild Wolf Claiming: A Howl's Romance

HOLE DIR JETZT DEUTSCHE BÜCHER VON GRACE GOODWIN!

Du kannst sie bei folgenden Händlern kaufen:

Amazon.de
iBooks
Weltbild.de
Thalia.de
Bücher.de
eBook.de
Hugendubel.de
Mayersche.de
Buch.de
Bol.de
Osiander.de
Kobo
Google
Barnes & Noble

GRACE GOODWIN LINKS

Du kannst mit Grace Goodwin über ihre Website, ihrer Facebook-Seite, ihren Twitter-Account und ihr Goodreads-Profil mit den folgenden Links in Kontakt bleiben:

Web:
https://gracegoodwin.com

Facebook:
https://www.facebook.com/profile.php?id=100011365683986

Twitter:
https://twitter.com/luvgracegoodwin

ÜBER DIE AUTORIN

Grace Goodwin ist eine USA Today und internationale Bestsellerautorin romantischer Fantasy und Science-Fiction Romane. Graces Werke sind weltweit in mehreren Sprachen im eBook-, Print- und Audioformat erhältlich. Zwei beste Freundinnen, eine kopflastig, die andere herzlastig, bilden das preisgekrönte Autorenduo, das sich hinter dem Pseudonym Grace Goodwin verbirgt. Beide sind Mütter, Escape Room Enthusiasten, Leseratten und unerschütterliche Verteidiger ihres Lieblingsgetränks (Eventuell gibt es während ihrer täglichen Gespräche hitzige Debatten über Tee vs. Kaffee). Grace hört immer gerne von ihren Lesern.